우리는 가끔 외롭지만 따뜻한 수프로도
행복해지니까

우리는 가끔 외롭지만 따뜻한 수프로도 행복해지니까

소설가가 식탁에서 하는 일

한은형 에세이

이봄

프롤로그

참새의 혀

어린 시절 내가 가장 좋아하던 일은 누워 있는 것이었다. 잠이 많았던 것은 아니다. 잠이 깬 상태로 이불을 덮고 누워 이런저런 상상에 빠져 있는 상태를 좋아했다. 나는 그때나 지금이나 꿈을 거의 꾸지 않는 사람이기 때문이다. 꿈 대신 상상이었다고나 할까. 꿈을 많이 꾸는 사람들을 부러워하며 누워서 상상했다. 그러면서 생각했다. 이렇게 상상하는 게 어쩌면 꿈을 꾸는 것인지 모른다고. 다른 아이들이 잠의 여운이 깃든 꿈과 함께 하루를 시작하듯이 나는 상상과 함께 하루를 시작하곤 했다.

요즘 나는 그런 '본격적인' 상상의 시간을 갖지 못하고 있다. 대신 우연히 읽은 책에서, 어쩌다 본 영화에서, 지나가다들은 사람의 말에서 상상이 깨어난다. 물을 머금은 건파래가 다시 부푸는 것처럼 말이다. 그러면 무덤덤하고 건조한 평소의 내가 아니라 모든 것에 자극받고, 환호하고, 그래서 다소 열렬한 상태의 내가 된다.

*

참새는 혀가 있을까? 혀가 없을까? 참새의 혀를 닮았다고 '작설雀舌'이라는 이름을 붙인 차를 마시며 참새의 혀에 대해 생각하는 아침이다.

참새의 부리에 대해서만 생각해왔다. 아침의 기운을 발산하기라도 하듯이 참새가 콩콩 뛰며 땅에 있는 먹이를 쪼는 모습에 늘 매료되었다. 그 모습을 보고 있으면, 참새가 부리로 온 지구를 자극한다는 생각이 들기도 한다. '깨어나, 깨어나, 어서 깨어나란 말이야!'라면서 말이다. 그렇게 온 신경이 '부리'에 가 있다 보니 미처 '혀'에 대해서는 생각해보지 못했다. 하지만 앞으로는 참새의 혀를 보고 말아야겠다는 결심을 해본다.

이상하다. 차를 마시고 있을 뿐인데, 참새와, 참새의 부리와, 참새의 혀와, 지구와, 이 세상과, 이 세상의 아침에 대해 생각하게 된다. 그래서 나는 상상을 좋아하고 나를 상상으로 이끄는 것들을 좋아한다. 음식들은 나를 자주 상상하게 만들고, 상상은 나를 알 수 없는 저 세계로까지 데리고 간다.

*

새롭게 알게 된 음식은 한 번도 생각해보지 않았던 것들에 대해 생각하게 한다. 생각하다 보면 자연히 상상에 이른다. 이런 식이다. 아이슬란드에는 검은 갈치가 있다는 것을 알게 되면 검은 갈치가 누비는 아이슬란드 심해의 모습을 상상하게 되고, 이란의 쿰에서 난다는 '쿰 소한'이라는 과자를 상상하면 쿰의 양탄자와 향신료와 견과류와 꿀과 장미와 그것들이 뒤섞인 냄새가 밀려오는 것이다. 알던 음식도 새롭게 보일 때가 있다. 양파의 겹은 어쩌면 저렇게 단순하면서도 심원한지, 호박의 속과 오이의 속과 가지의 속은 어쩌면 저렇게 또 다른지, 왜 토마토는 익어갈수록 붉은색이 되어가는지, 감탄하게 된다.

아주 기분 좋은 일이기도 하다. 어린아이가 된 듯한 느낌이랄까. 이건 내게 아주 소중한 일이다. 나는 어린아이로 지내본 적이 없기 때문이다. 어리광도 싫었고, 어린아이가 읽는 책도 싫었고, 어린이가 먹는 음식도 싫었다. 나는 어른의 말투로 말했고, 어른이 읽는 책을 읽었고, 어른이 먹는 음식을 탐했다. 아이의 세계보다 어른의 세계가 더 복잡하고, 미묘하고, 풍요롭다고 생각했기 때문이다. 여러 가지 생각에 골몰해 있었고, 진지했고, 심각했다. 한마디로 재미없는 인간이었다. 동심이라는 게 없었다.

음식을 상상하면 '동심'이 생겨나는 것을 느낀다. 한 번도 되어본 적이 없는 아이가 되는 기분… 이 기분이 그렇게나 좋을 줄 몰랐다.

'童心'이면서 '動心'이다. 아이가 된 마음이 출렁거린다. 그러면 나는 동물이 된다. 動物, 움직이는 물체. 그렇게 된 나는 세상의 움직임을 느낀다. 눈과 코와 귀와 입이 움직이고, 마음과 몸이 움직이고, 마음과 몸을 따라서 세상의 음식들, 세상의 음식들이 불러온 모든 것들이 움직인다. 그것들이 마음과 몸을 타고 흐른다.

그렇게 몸과 마음이 세상으로 흐른다.

*

내게 음식을 상상한다는 것은 이 세계를 상상한다는 것이다.

이제 알겠다.

상상이란 나를 움직여 세상을 움직이는 것이다.

차례

2부 마녀의 식탁에 흐르는 것들

3부 찻집에 모인 술꾼들에게

4부 겨울이 지겨운 어른아이라면

1부

인생은 한 조각의 케이크

샌드위치 고르기

샌드위치를 좋아하시나요?
종종 이렇게 묻곤 한다. 아니요,라고 하는 사람은 애석하게도 나와 길게 이야기하고 싶지 않다는 말일 것이다. 뭐, 태생이 퉁명스러운 사람일 수도 있겠지만. 치킨 샌드위치나 BLT(베이컨과 상추, 토마토가 들어간 샌드위치)를 좋아한다고 말해주는 사람도 있다. 정감 있는 사람들이다. 이렇게 말하는 사람들도 간혹 있다. "마요네즈나 머스터드 소스는 견딜 수 없어요"라거나 '생토마토가 아닌 선드라이드 토마토'가 들어간 샌드위치는 모두 좋다거나. 빨려 들고 만다. 어쩔 수 없다.

맥 라이언에게도 그랬었다. 영화 〈해리가 샐리를 만났을 때〉에 나오는 그녀다. 부정적으로 말하면 까탈스럽고, 긍정적으로 말하면 섬세한 그녀의 샌드위치 주문법은 한국의 초등학생이었던 내게 강렬한 인상을 남겼다. 세 가지 점에서 그랬다. 첫째, 빵과 빵 사이에 들어갈 것들을 모두 다 선택할 수 있다니. 둘째, 그럼에도 불구하고 모두 다 '선택'하는 여자라니. 셋째, 그럼에도 불구하고 그녀의 샌드위치 선택법까지 사랑한다며 고백하는 남자가 있다니. 이 영화는 내게 한동안 이런 자유연상의 등식을 남겼다. 미국≒뉴욕≒맥 라이언≒샌드위치.

디테일의 여왕! 샌드위치를 주문하는 맥 라이언은 내게 이렇게 각인되었다.(맥 라이언이 아닌 샐리겠지만, 샐리를 연기하는 맥 라이언과 샐리가 구분되지 않았다.) 까다롭다거나 유별나다기보다 섬세하고 예민하다고 느꼈다. 자기가 무엇을 좋아하는지 알고, 자기가 좋아하는 그 무엇을 주장하는 그녀가 난 마음에 들었던 것이다. 그래서 시간이 흐르고 흘러 영화 평론을 하는 대학원 선배 P로부터 '넌 샐리 같아'라는 말을 듣고 내심 기뻤다. 나의 까다로운 메뉴 주문에 대해 티내지 않고 이렇게 우회적으로 말해주는 세련된 선배가 내 곁에 있다는 게 좋았다.

나 역시 샌드위치를 좋아한다. 내가 좋아하는 샌드위치는 내가 하지 않은 샌드위치다. 왜냐하면, 제대로 된 일인분의 샌드위치를 만드는 데에 따라오는 온갖 노고와 피로를 감당할 수 없기 때문이다. 일단 빵. 원하는 빵을 살 만한 데가 집 근처에 없다. 그렇다고 굽기는 싫다. 베이킹마저 할 수는 없다는 생각이다. 지금도 먹기 위해 사는 게 아니냐는 말을 들을 정도이기 때문에… 또 문제가 있다. 샌드위치 한 번 하자고 씨겨자나 크림 치즈를 살 것인가? 루콜라나 그뤼에르 치즈, 생햄 같은 것도 사야 한다. 한 번 먹겠다고. 결정적으로, 귀찮다. 씻고, 물기를 빼고, 썰고, 굽고, 한 바구니의 설거지와…

그러니 주로 사 먹게 된다. 아침 겸 점심으로 샌드위치만 한 게 없다. 가지와 토마토, 양파, 주키니 호박 같은 야채를 구워서 잔뜩 넣고 발사믹 소스를 흥건하게 뿌린 샌드위치를 좋아한다. 빵은 바싹 구운 파니니여야 할 것이다. 버터를 바른 빵 위에 살짝 씨겨자를 덮어준다면 더 좋다. 처음에는 나이프와 포크로 음전하게 먹는다. 그러다 참지 못하는 순간이 온다. 와인색 소스를 입과 손에 묻히며 먹게 되는.

이런 완벽한 샌드위치를 날마다 먹는다는 게 아니다. 두세 번 먹어봤고, 이렇게 종종 상상한다. 현실은 이렇다. 쇼케이스 앞에 선다. → 완제품으로 진열된 샌드위치 중 하나를 고른다. → 샌드위치를 기다린다.

샌드위치를 못 먹은 지 꽤 됐다. 샌드위치는 내게 '작업 식량'이기 때문에 그렇다. 그러니까 일을 못 하고 있다는 말이다. 아침 8시부터 12시까지 네 시간 동안 일하는 것을 좋아한다. 그날의 샌드위치를 고르는 일을 좋아한다는 말이기도 하다. 샌드위치가 먹고 싶다.

덧) 이제는 집에서 샌드위치를 만들기도 한다. 가장 좋아하는 것은 오이 샌드위치!

하와이의 해변에서

주머니에 손을 반쯤 찔러 넣고 걷는다. 플립플롭을 신고서 어슬렁어슬렁. 캠핑카를 개조한 하늘색 푸드트럭이 보인다. 저쪽에서 반바지만 입은 남자아이들이 서핑보드를 끼고서 달려온다. 발자국 위에 물방울이 떨어진다. 바다에는 전신 수영복을 입은 열여섯 살쯤 됐을 여자아이가 파도를 타고 있다. 머리는 포니테일이다. 바람을 휘젓는 포니테일은 말갈기처럼 보이고, 그는 아테네 여신만큼이나 위풍당당하다.

하와이를 생각하면 제일 먼저 떠오르는 장면이다. 어쩐 일인지 몰라도 그렇다. 나는 바다의 비린내와 바다 모래의 짠내, 그리고 바람에 실려오는 갓 세탁한 청결한 섬유 냄새를 맡을 수 있다. 플립플롭을 신고 걷고 있는 중이기 때문에. 나는 그들의 평화로움과 건강함과 활기를 느끼고 있다.

이 상상을 더 이어나가면, 다음 장면은 이러하다. 그때, 나보다 푸드트럭에 먼저 도착한 남자아이들은 다급하게 외친다.

"스팸 무스비요."

그러니까 스팸 주먹밥. 내가 이것 말고는 하와이의 음식에 대해 아는 바가 없어서이기도 하지만, 그들은 어쩐지 그럴 것 같다. 한 입 물자 김 밖으로 쌀알이 삐져나온다. 구워진 스팸의 기름 냄새란 어쩌면 그런가. 해초를 넣은 무스비를 주문하려던 나는 마음을 바꾸는 것이다. 나도 그들을 따라 말한다.

"스팸 무스비요."

어찌 된 일인지 눈만 뜨면 '하와이'와 마주치는 날들이 이어지고 있다. 뭐 이런 식이다. 하와이에서 휴가를 보냈다는 한 영화배우의 인터뷰 기사를 읽게 된다거나, 거리를 지나칠 때 하와이풍 노래가 흘러나온다거나.('멜레'라고 한다고 하더군요.) 지금도 그랬다. 책을 펴자마자 눈에 박히는 단어가 '호놀룰루'.

일러스트레이터 K씨와 차를 마시러 간 곳도 하와이풍 카페였다. 어느 추운 아침, 나는 그곳에서 혼자 카푸치노를 마신 적이 있었다. 늘 아메리카노(핫아)를 마시지만 배가 비워져 있는 상태일 때는 우유 거품이 풍성한 카푸치노를 주문하게 된다. '카푸치노란 참 기분 좋은 것이었지'라고 생각하면서. 그날도 '추운 계절' + '공복' + '안개'가 카푸치노와 기막하게 어우러졌던 것이다. 그뿐만이 아니었다.

공간도, 음악도, 테이블도, 일하는 남자도 모두 좋았다. 무엇 하나 거슬리는 게 없었다. 그리고 마크 트웨인의 말이 인쇄돼 있는 액자가 있었다! 글도 글이지만 배색이라든가 폰트 같은 것들이 절묘해서 일하는 남자에게 물었던 것이다. 어디서 살 수 있는지. 제작한 거라고 했다. 그러니까 살 수 없다는 말이었다.

K 씨 덕분에 수수께끼가 풀렸다. 산업 디자이너인 그의 선배가 디자인한 카페가 있다고 들었는데, 이곳 같다고 했다. 의자와 테이블도 이 카페만을 위해서 만들었다고 한다. 마크 트웨인 포스터도 그분의 솜씨였던 것. 그러고 보니 쓸데없는 것은 하나도 없었고, 적절히 만들어진 물건들은 적절한 자리에 놓여 있었다. 나 같은 비전문가는 그렇게 말하면 그만이지만, 이런 솜씨를 갈고 닦을 때까지 누군가가 보냈을 시간에 대해 생각했다.

그리고 마크 트웨인에 대해서 생각했던 것이다. 이 남자는 인생의 찬미자였다. 재치 있게 인생을 찬미하는 산문들을 남겼다. 그가 남긴 글들을 읽다 보면 '아아, 그래도 산다는 것은 꽤 괜찮은 일이구나'라고 인정하게 되는 것이다. 그는 하와이도 찬미했다. "평화롭고 아름다운 땅, 사람들은 이 천국에서 잠들고 다음 날 또 이곳에서 눈을 뜬다." 얼마나 편하게 살았으면 이런 글을 쓸 수 있을까 싶지만, 그랬던 것만은 아니었다. 가난했고, 초등학교를 간신히 졸업했고, 견습 인쇄공이 되었다가, 배를 타기도 했다. 시간이 흘러 흘러 어떻게 작가가 되었고 유명해졌다. 그럼에도 불구하고 그는 미국 전역을 돌며 자신이 쓴 책을 팔러 다녔다고 한다.

마크 트웨인은 아마도 하와이에 책을 팔러 가서 독자들 앞에서 하와이를 찬미하지 않았을까 싶은데… 나는 궁금한 게 따로 있다. 마크 트웨인은 하와이에서 어떤 음식을 먹었을지다.

가장 맛있는 쌀국수를 먹은 건 하와이에서였다고 말한 사람을 만난 적이 있다. 베트남에서 먹은 것까지 포함해 여태까지 먹은 모든 쌀국수는 엉터리였음을 깨달았다고 했다. 그는 비닐로 된 문이 있는, 반은 노점인 그 가게에 대해 묘사했고 나는 그 가게 근처에 대해 상상했다.

“스팸 무스비요.”

거기서 내 무스비를 기다리면서 생각하는 것이다. 하와이에서 마크 트웨인은 어떤 음식을 먹었던 것일까,라고. 나는 이런 문제에 대해서는 꽤나 집요하다.

덧) 스팸 무스비는 먹어본 적이 없다. 한동안 포키에 빠져서 여름 내내 먹었다. 스리라차와 마요네즈와 참기름의 적절한 배합 비율을 발견했기 때문에.

계란밥의 세계

한때 친구가 한옥을 빌려 운영하던 예약제 식당이 있었다. 한옥에 살아보고 싶어서 친구 둘과 함께 한옥을 빌렸는데 월세가 만만치 않아 낸 묘안이라고 했다. 식당이라기보다는 술집에 가까웠던, 또한 세 여인의 살림집이기도 했던 그곳에서 내가 가장 좋아했던 메뉴는 버터 계란밥이었다.

2000원인지 3000원인지 했었는데, 손으로 쓴 메뉴판에는 이렇게 쓰여 있었다. '야무지게 비벼드립니다'. 꽤나 오래전 일이라서 내 기억이 잘못되었을 수도 있다. 그냥 친구의 말버릇이었는지도 모르겠다. 워낙 말을 웃기게 하는 똘끼 가득한 아이니까(그래서 딱히 나한테 잘해주지도 않는 개를 사랑한다). "야무지게 비벼줘"라며 버터 계란밥을 시켰던 것은 똑똑하게 기억하고 있다.

고슬고슬한 흰 밥에 버터를 한 조각 얹고, 계란 프라이를 올린 후 간장을 뿌린 게 버터 계란밥이었다. 간단하기 그지없는데 또 그렇게 맛있을 수가 없었다. 야무지게 비벼주어 그렇겠지만. 이상하게도 이런 음식은 집에서는 해 먹지 않게 된다. 이런 귀여운 식당에 있으면 꼭 시키게 되면서 말이다.

내게 익숙한 계란밥은 따로 있다. 날달걀을 넣고 간장을 살짝 뿌려 불균질하게 비벼 먹는 밥이다. 이때 가장 중요한 것은 밥의 상태다. 갓 한 밥이어야 하고, 아주 밥이 잘 된 상태여야 한다. 이상하게도 우리집은 다른 음식은 맛있는 편이었지만 밥은 그저 그랬다. 늘 물이 지나치게 많아 상당히 질척한 상태로 밥이 됐고, 밥을 좋아하는 나는 계량컵을 써보라고 탄원하기도 했지만 주방의 책임자는 계량컵을 쓰는 걸 수치로 여기는 것 같았다. 그러니 밥이 잘 된 날은 운이 좋은 날이었다.

이 운수 좋은 날, 아빠는 날계란을 숟가락으로 톡톡 깨트려 밥에 올렸다. 여기에 밥숟가락으로 진간장 하나. 아빠의 계란밥을 한 순갈 맛보고는 나도 달걀을 깨뜨리곤 했다. 숟가락으로 깰 자신은 없어서 식탁 모서리에 계란을 깨트렸다.

그러고는 눈을 꼭 감고 먹었다. 그러면 비린내가 나지 않을 것 같아서 그랬다. 비린내를 감수하면서도 먹고 싶을 정도로 유혹적인 음식이었던 것이다, 계란밥은. 자주 먹고 싶었지만 자주 먹을 수가 없어서(밥이 잘 되는 날은 그리 자주 돌아오지 않았다) 더 먹고 싶었다.

나의 날계란밥 사례와 비슷한 이야기를 들었다. Q의 아빠는 아침마다 날달걀을 드셨다고 한다. 유리컵에 담긴 간장과, 참기름을 뿌린 날달걀 두 개를 아침마다 먹고 출근하는 아빠를 보고, 같은 메뉴로 아침을 먹겠다며 그의 엄마에게 요청했다고 한다. 그런 걸 봤다면 나도 해달라고 했을 것이다. 100퍼센트의 확률이다.

그래서일까. 계란 프라이를 올린 계란밥보다는 날계란을 얹은 계란밥이 더 당긴다. 그러니까 날계란파다.

요즘에는, 스키야키를 먹을 때 말고는 노른자만 먹는다. 분리한 노른자를, 여유가 있을 때는 알끈까지 제거한 노른자를 밥에 올려 먹는다. 연어나 연어알을 올리고 계란 노른자를 가운데 두는 것이다. 연어와 어울리는 허브인 딜이나 차빌을 듬뿍 넣고 간장을 약간. 우메보시가 있을 때는 그것도 넣는다. 날계란을 좋아하고, 연어(나 연어알)를 좋아하신다면 이렇게 허브를 넣고 꼭 드셔보시라고 권하고 싶다.

계란 볶음밥을 할 때도 있다. 대파를 잔뜩 넣고 하는 계란파 볶음밥이다. 백화점 푸드코트에 있는 훠궈집에서 먹어보고 반해서 하게 되었다. 처치해야 할 대파가 잔뜩 있거나 찬밥이 있을 때 하게 된다. 잘 해보겠다고 페페론치노를 넣어본 적도 있는데 다시는 넣지 않는다. 페페론치노를 넣은 계란파 볶음밥을 먹다가 이 계란파 볶음밥의 본질은 '밍밍하고 순한 맛'이라는 걸 깨달았기 때문이다.

사실, '계란'보다는 '달걀'을 좋아한다. 그래서 왜 계란밥이라고 하지 달걀밥이라고는 하지 않는 걸까라고 생각해왔다.

날계란보다 날달걀이 더 맛있게 느껴지지 않나요? 그리고 또 저는 날계란파보다는 날달걀파가 되고 싶습니다.

크레이프 타임

크레이프 케이크를 먹는 방법이 있다는 걸 아시는지? 나는 이제 안다. 얼마 전까지만 해도 그런 방법이 존재한다는 것 자체를 몰랐다. 그러니 그냥 포크를 꽂을 따름이었다. 정오의 태양이 대지에 뛰어내리는 방식으로. 수직낙하.

이 세상에 크레이프 케이크 같은 걸 먹는 방법이 따로 존재한다는 걸 알려준 건 J였다. 하던 대로 수직 포크질을 하던 나는 크레이프 케이크를 망가뜨렸다. 늘 그래왔던 것처럼 어김없이. 내 힘을 이기지 못하고 가련한 크레이프 케이크는 뒤뚱거리다가 쓰러지고 말았던 것이다. 망연자실한 표정으로 J를 보자 그녀는 산뜻하게 말했다. "크레이프 케이크 먹는 법이 따로 있어"라고. 그러더니 포크의 날과 날 사이에 크레이프 한 장을 끼워 넣고는 돌돌 말았다. J는 경쾌하게 덧붙였다. "공주 친구가 알려준 거야."

손쉽게 크레이프를 먹는 J를 보고는 웃음이 나왔다. 저렇게 혁신적인 방법이 있었던 것이다! 입을 다물지 못한 채로 J를 따라 했다. 그 순간, 나도 산뜻하게 크레이프 한 장을 말아 올릴 수 있는 사람으로 거듭났다. 그러고는 감격에 차 말했다. 역시 사람은 배워야 한다고. 나는 방금 비문명인에서 문명인으로 다시 태어났다고.

언젠가는 크레이프 케이크를 먹다가 이것도 일종의 팬케이크가 아닌가라는 깨달음을 얻었다. 압도적으로 얇은 팬케이크가 크레페라는 별거 아닌 깨달음. 팬케이크의 폭신함과 두툼함 대신 압도적인 얇음을 선택한 팬케이크라고 말이다. 이 크레이프를 겹겹이 쌓아올리면 크레이프 케이크가 되는 것이고, 크레이프 낱장을 내면 크레이프 요리가 되는 것이다. 원래는 '크레프'라고 불러야 하는 것 같지만.

'크레프'는 '둥글게 말다'라는 뜻의 라틴어 크리스파crispa에서 유래한 프랑스어라고. 그런데 어떻게 하나는 '크레이프 케이크'가 되고 또 하나는 '크레페'가 되었는지 신기할 따름이다.

크레이프 요리를 먹은 적은 없다. 하지만 크레이프 거리를 지난 적은 있다. 2011년, 파리에서 한 달 동안 지낼 때였다. 몽파르나스 묘지에 갔던 날이다. 전 해에 죽은 에릭 로메르(1920~2010)를 추모하기 위해서였다. 그의 묘를 보기 위해서 갔던 것인데, 헤매기만 했지 결국 그 무덤은 찾지 못했다. 무덤 지도를 손에 들었지만 말이다.

대신 다른 사람들의 묘를 보았다. 마르그리트 뒤라스의 묘에는 조개껍데기와 조약돌이, 자드킨 묘에는 촛불이 있었고, 베케트의 묘에는 아무것도 없었다. 뭐랄까… 고인다운 방식으로 고인을 기린다는 게 좋았다. 베케트의 팬들은 베케트의 심중을 헤아려 아무것도 놓지 않는 스타일로 그를 추모하는 것으로 보였던 것이다. 세르주 갱스부르의 묘에는 뭐가 많았다. 키스 마크와 '날 가져요' 같은 글자. 나무에 잔뜩 걸린 인형과 팬티. 그리고 양배추. 한 통이 아니라 여러 통이라서 나는 궁금했던 것이다. 세르주 갱스부르와 양배추 사이에 무슨 연관이 있는지. 아니면 서유럽 문화권에서 양배추가 가지는 특별한 상징 같은 게 있는 것인지. 여전히 수수께끼다.

하여튼, 누군가의 묘지를 헤매고 다닌다는 건 꽤 지치는 일이었다. 어지러웠고, 배가 고팠다. 뼈들이 있는 곳을 헤매고 다녀서인지 뼈가 가벼워진 듯한 느낌이었달까. 압도적인 허기를 느꼈다. 그건 '대大허기'라고 할 만한 것이었다. 그래서 가벼운 걸 먹고 싶지는 않았는데 내가 있는 곳은 크레이프 거리였고… 나는 크레이프 거리에서 크레이프가 아닌 것을 찾아 헤맸다. 내 뼈를 다시 채워줄 만한, 그러니까 갱생 비슷한 걸 시켜줄 만한 뭔가를 먹어야겠다고 생각하면서.

결국 태국 식당을 찾았고, 쏨땀과 팟타이와 똠양꿍을 먹었던 것인데… 크레이프로부터 벗어날 수 없었다. '크레이프 뷰'에 앉았기 때문이다. 밥을 먹는 내내 크레이프를 나이프로 자르는 사람들과 하얀 종이배 모양의 모자를 쓰고 요리하던 크레이프 요리사들을 보았다. 50미터도 안 되는 가까운 거리에 있는 그들은 나와 다른 세계에 있는, 다른 질서를 가진 사람처럼 보였다. 마치 몽파르나스 묘지에 누워 있던 사람들이 살아 돌아와 '크레이프 타임'을 즐기고 있는 듯한 느낌이었달까. 그들의 목소리가 나를 에워쌌지만 내가 해독할 수 없어서 더 그랬을지도.

크레이프 케이크를 먹는 방법이 있다는 것을 알게 되자 기억 속에 있는지도 몰랐던 그날의 일들이 떠올랐다. 몽파르나스의 무덤들과, 내 허기와, 크레이프 거리와, 크레이프를 먹던 사람들이 나를 에워싼, 크레이프 타임이. 내가 보낸 시간이 크레이프 케이크처럼 겹겹이 쌓였던 것이다.

나태한 요리의 미덕

'나태하다'는 말을 좋아한다. 일견 비슷해 보이는 '게으름을 피우다'라는 말에는 질책이나 한심함 같은 게 들어 있다면, '나태하다'라는 말에서 자유의지 같은 게 느껴지기 때문일까. 천천히 하려는 의지, 여유를 가지려는 의지가.

그래서일까. 나태하게 요리하는 것을 좋아한다. 자기 전에 콩을 불렸다가 일어나야 콩을 삶고, 다시 식혔다 만드는 요리 같은 건 빨리 하려고 해도 할 수가 없다. 이런 시간을 들이는 요리를 할 때, 시간의 마디마디에 다른 일을 끼워 넣는 걸 좋아한다. 나태한 시간의 흐름 속에서 '원고 한 편 쓰기'

혹은 '단편소설 한 편 읽기' 같은 걸 하는 거다.

5시에 시금치 카레를 완성하는 걸 목표로 한다고 했을 때, 이렇게 하는 것도 좋다. 2시에 시금치를 씻어 데치기를 하고, 3시에는 양파를 썰어두고, 4시에는 양파를 볶다가 시금치를 볶고 물과 카레 가루를 넣어 카레를 끓이는 식으로. 2시, 3시, 4시에 모두 10분 이하로만 시간을 들이는 거다. '10분 요리-50분 휴식-10분 요리-50분 휴식', 이런 식으로 하면 시간이 오래 걸리는 요리도 지치지 않고 할 수 있다.

뭐니 뭐니 해도 나태한 요리의 최고봉은 슬로쿠커로 하는 요리다. 천천히, 아주 천천히 요리가 진행된다. 이미 가지고 있는데, 어디선가 사은품으로 받았다며 엄마가 슬로쿠커를 준 게 시작이었다. 8년 전이었다.

8년 전, 나는 작은 아파트를 구해 난생처음 혼자 살기 시작했다. 그러니까 슬로쿠커는 독립 생활을 함께 시작한, 그와 더불어 (본격) 요리 생활도 함께 시작한 인생 동지이기도 하다. 모르는 분들을 위해 설명하자면, 내솥과 외솥으로 구성되어 있는 전열기구다. 외솥은 스테인리스 재질에 한국적인 꽃문양이 그려져 있고, 내솥은 흰 도자기 재질이며, 뚜껑은 유리다. 나는 슬로쿠커로 라타투이를 했고, 야채 카레를 했고, 현미죽을 끓였다. 내가 했다기보다는 슬로쿠커가 했다. 야채를 썰어 던져 넣으면 되었고, 절대 넘치는 일 없이 죽이 만들어졌다.

슬로쿠커가 부리는 마법을 제대로 느끼기 위해서는 외출했다 돌아오는 것만한 게 없다. 집에 그냥 있으면 계속 유리 뚜껑을 주시하고, 슬로쿠커에서 나는 냄새에 취해 뚜껑을 열었다 닫았다 할 수 있기 때문이다. 현관문을 열고 나갔다, 다시 현관문을 열고 들어올 때까지 네 시간쯤 잡는다면 좋다. 집에 다시 돌아와 현관문을 여는 순간 그윽한 냄새가 당신을 휘감을 것이다. 내 존재를 인지하고 나를 반겨주는(?) 반려템이랄까.

은행이나 도서관에 다녀온 적도 있고, 영화 한 편을 보고 돌아온 적도 있다. 친구를 만나 점심이나 저녁 식사를 하고 온 적도 있다. 슬로쿠커가 집에서 요리를 진행하고 있다(전기가 꽂혀 있다)고 생각하면 밖에서 정신을 바짝 차리게 되므로 시간 활용에 더할 나위 없이 좋다. 친구를 만나서 '조금만 더, 더' 하다가 시간을 흘려보내고, 자기 전에 결국 하려던 일을 다 못 해 후회하곤 하는 나 같은 사람에게는 시간 관리 매니저 역할도 겸한다고 할 수 있다.

간만에 슬로쿠커를 꺼냈다. 잔뜩 남은 석박지를 버릴까 하다가 마음을 바꿨기 때문이다. 느리게, 나태하게 지져볼까 싶었다. 석박지가 냉장고에서 서서히 익고 있던 1년의 시간에는 비할 바 없이 짧겠지만 말이다.

일단 석박지를 물로 잘 씻어 체에 받쳐두었다. 살짝 볶아 비린내를 날린 커다란 멸치를 바닥에 깔고 석박지를 올리고, 국물이 잘 우러나라고 물 약간과 올리브유를 넣었다. 이게 다다. '저걸로 충분하겠어?'라고 불신하실 수도 있겠지만, 주재료가 석박지라는 것을 간과하면 안 된다. 씻어냈다고는 해도 석박지에는 고춧가루와 생새우와 액젓과 마늘과 생강과 파 등의 맛이 차고 넘칠 정도로 배어 있는 것이다.

이제 코드만 꽂으면 된다. 온도 조절 레버를 '강'에 둔다. 강이라고 해봤자 내가 원하는 정도로 무가 물러지려면 네 시간은 더 있어야 한다. 슬로쿠커를 작동시키면 네 시간이 얼마나 긴 시간인지 알게 된다. 시간이 길게 느껴지는 만큼, 기대감도 상승한다. 기대가 크면 실망도 크다는 말이 있지만, 내 기억에 슬로쿠커는 실망을 안긴 적이 없다.

우메소면과 상대성이론

'상대성이론'이라는 밴드를 아시는지.

상대성이론에 대해서는 논할 처지가 못 되지만, 이 밴드에 대해서는 호기심이 생겨버렸다. 노래 제목이나 가수의 이름 같은 건 듣자마자 망각해버리는 능력을 지닌 나로서는 희귀한 일이다.

"우메보시가 나오는 노래가 있어요"라는 말을 들었기 때문이다.

선후 관계는 분명하지 않다. 어쩌다 이야기가 그쪽으로 흘렀는지는. 우메보시 노래를 선배와 함께 들었다고 했었나? '우메보시의 맛을 궁금해하자 그 선배는 우메보시를 싸 온다, 후에 그 선배는 가수가 되었다'는 흐름이었다. 알쏭달쏭한 이야기다. 그때 나는 잠에 취해 두 이야기를 뒤섞어버렸다. 그 남자는 가수도 됐겠지만, 우메보시도 된 것이다. 내 머릿속에서 말이다. 나는 우메보시가 된 채로 노래를 부르는 한 남자의 외양을 상상했다.

그리고 한 남자를 떠올린다. 나의 우메보시-맨이랄까. 배우 카세 료. 코카콜라 라이트 같은 남자라고 생각한다. 그가 나온 한 일본 영화에는 이런 장면이 있다. 한쪽만 보조개가 들어가는 야무지게 생긴 여자가 카세 료의 흰 밥 위에 우메보시 한 알을 올린다. 그러면서 이렇게 말한다.

"오늘의 복."

뭔가 굉장한 걸 보았다는 느낌이 들었다. 카세 료가 어떤 표정을 지었는지, 우메보시를 어떤 식으로 먹었는지는 기억나지 않는다.

집에 돌아온 나는 그가 말했던 우메보시 노래를 듣는다. 15분 50초짜리 노래. 제목은 '론리 플래닛'. 연약한 것 같지만 그렇다고 칭얼거리는 어투는 아니다. 미모사처럼 섬세한 목소리로 노래하는 여자. 그녀는 지금 지구 밖에 있다. 어딘지 모르는 머나먼 행성에서 수·금·지·화·목·토·천·해·명을

렌즈로 들여다본다. 지구는 여전히 푸른지 물었다가 혹시 빙하기는 아닌지 또 묻는다. 문단속 잘 하라고 당부했다가 나를 깡그리 잊어버린 건 아니냐고 채근하기도 한다. 모두 지상의 연인에게 하는 말들이다. 그런데 연인은 이 말들을 들을 수 있나? 불행히도 그러지 못한다. 편지를 써도 보낼 수 없고, 문자를 찍으나 전송할 수 없다. 그런 그녀는 우메보시가 먹고 싶다. 아… 지구 밖에서 우메보시를 그리워하는 사람이라니.

이 노래를 연속해서 몇 번을 들었더니 한 시간이 갔다. 지구 밖에 있는 그녀만큼은 아니겠지만, 나도 우메보시가 먹고 싶어졌다. 동시에 내가 아는 가장 맛있는 우메보시 요리가 떠올랐다.

나는 자리에서 일어난다. 내비게이션에 한 지점을 찍는다(내 집부터 그곳까지는 거리가 20킬로미터가 넘는다). 어떤 음악도 듣지 않는다. 앞과 뒤를 주시하고, 가끔 좌우를 살핀다. 메뉴판을 펼치지도 않고 단숨에 말한다. "우메소면이요." 절실함이 전달되길 바란다. 나는 오로지 이거 하나를 먹기 위해 이곳에 왔다는.

검은 바지 정장을 입은 웨이트리스가 걸어온다. 검은 그릇 안은 단순하기 그지없다. 소면 위에 우메보시 한 알, 그리고 실파. 국물은 그릇의 8부까지 차 있다. 일단 국물을 마신다.

왜 이런 걸 먹게 되면 눈을 감게 되는 걸까. 복합적인 맛이다. 달고, 시고, 부드럽고, 구수하고, 은은하다. 가다랑어와 다시마가 들어갔을 거라고 짐작할 뿐이다. 열에 들뜬 우메보시를 터뜨려 면 사이사이로 스미게 한다.

한 그릇을 비우는 데 시간이 얼마나 흘렀을까. 숫자로 환원될 수 없는 작은 영원이다. 열매가 제 안에 비와 바람과 햇살을 가뒀을 시간도 더해진다. '빛보다 빠른 물질은 존재하지 않는다'는 상대성이론에 제멋대로 각주를 단다. 나와 너의 시간은 다른 속도로 흘러간다. 혹은 나와 너의 시간은 다르다. 오늘 나의 시간에는 우메보시가 흐른다.

덧) 이 업장은 부산으로 이사를 갔다고. 이제는 달리려야 달릴 수 없게 되었다.

주사기 햄버거집

양양의 서피비치에 앉아 있다가 옆 사람들의 말을 듣게 되었다. 무엇을 먹으러 갈지 고민하고 있는 일행들 사이 한 여자분이 호기롭게 말했기 때문에. “양양에 왔으면 햄버거를 먹어야지!” 응? 이게 무슨 소린가 싶어 귀를 기울일 수밖에 없었다. 양양의 특산물이 송이와 연어에서 언제 햄버거로 바뀐 건가 싶었고… 참고로, 양양 도처에는 이런 현수막이 걸려 있다는 것을 알려드리고 싶다. ‘연어와 송이의 고장 양양’이라거나 ‘연어와 서핑은 양양의 특산물’ 같은.

서울 못지않은 햄버거집이 있다고 했다. 나는 그 햄버거집의 상호를 꼭 들어야겠다는 일념으로 온 정신을 다해 집

중했다. 햄버거를 먹을 생각은 없었다. 햄버거를 좋아하지도 않는다. 충분한 경험이 없으므로 햄버거에 대한 이렇다 할 견해를 갖추지 못했다. 하지만, 왜 이런 이야기를 들으면 나는 어김없이 햄버거를 먹으러 가게 되는 것인지…

햄버거 가게가 있다는 바닷가 마을을 몇 바퀴 돌며 이런 심리는 무엇일지 생각했다. 이런 걸 가리키는 심리학적 용어가 있지 않을까 궁금해하며 말이다. 뮌하우젠증후군이나 스톡홀름증후군처럼 그럴싸한 명칭이 붙어 있지 않을까라고. 아마 그 자신감 넘치는 여자분이 물회를 먹자고 주장했더라면 난 물회를 먹으러 갔을 것이고, 비빔냉면을 이야기했더라면 비빔냉면을 먹으러 갔을 것이다.

2박 3일로 통영에 갔을 때가 떠올랐다. 복국, 멍게덮밥, 도다리쑥국 등등 먹는 것마다 감탄하며 통영 사람들은 얼마나 복 받은 사람들인지 부러워하다, 급기야는 통영에 있는 꽤나 많은 치킨집과 고깃집에는 대체 누가 가는지 궁금하다며 목소리를 높이는 데까지 이르렀다. “미각이 없는 건가? 어떻게 이런 해산물을 두고 고기를 먹을 수 있지?”라고 일행을 선동하며…

아마 다찌집에서 세 시간 동안 해산물을 먹을 때였던 것 같다. 그 다찌집은, 놀랍도록 밥상이 풍족한 가운데 젓가락을 대지 않고 넘어갈 것은 하나도 없는 놀라운 곳이었다. '군소' 같은 이름은 알았지만 처음 본 해산물들이 잔뜩, 줄줄이 나왔던 것이다. 그런데, 딱, 그때까지였다.

다찌집에 다녀온 다음 날, 무언가가 바뀐 나를 발견했다. 입안에서 비린내가 나는데 견딜 수 없을 정도였다. 좀 더 지나자 손끝은 물론 목덜미에서도 비린내가 나는 것 같았다. 더 이상은 해산물을 먹을 수 없을 것 같았다. 갖가지 해초, 어류와 패류, 갑각류 등등 좋아하지 않는 해산물이 없는 내가 말이다.

해산물 섭취 총량의 법칙이라도 있는 걸까? 2박 3일도 안 되어 해산물에 물려버렸던 것이다. 다찌집에서 전투적이고도 열정적으로 일주일치가 넘는 해산물을 먹은 바 있지만 그래도 그럴 줄은 몰랐다. 그때 나는 알았다. 통영에서 고깃집과 치킨집이 번성하는 이유를 말이다. 해산물이 질리도록 풍족해서 그런 것이었다. 악화가 양화를 구축하는 게 아니라 해산물이 비해산물을 구축하는 것이다… 양양의 햄버거 가게도 그런 게 아닌가 싶었다. 해산물이 비해산물을 구축하는…

해수욕장을 바라보고 있는 햄버거 가게였다. 커다란 분홍색 문을 열어야 들어갈 수 있었다. 내가 그곳에서 가장 마음에 들었던 것은, 천장에서 실링팬이 돌고 있다는 점이었다. 물론 에어컨도 있어서 실링팬은 냉방을 위한 목적보다는 인테리어를 위해 사용된 것으로 보였지만 말이다. 왜 이렇게 실링팬만 보면 마음이 약해지는 줄 모르겠다.

성수동이나 제주도에 있을 법한 가게였다. 공간을 아주 넓게 썼고, 층고도 높았다. 인더스트리얼과 에콜로지와 젠zen이 섞였으나 인테리어를 하다 만 느낌도 없었고, 비어 있으되 충실했다. 코카콜라, 스프라이트, 닥터페퍼, 마운틴듀를 색을 맞춰 한 칸씩 진열해둔 음료수 냉장고도 느낌이 있었다. 앤디 워홀의 팝아트를 실물로 구현한 것 같은. 막 기분이 좋아지는 가게였다.

이것으로 되었다고 생각했다. 햄버거 맛이 그냥 그렇더라도 노하지 말자고 스스로를 다독였다. 나는 이미 햄버거 가게를 찾아 헤매며, 또 햄버거집에 앉아서 (특히나 실링팬에!) 충분한 즐거움을 느꼈으니 말이다. 그날의 흥을 이미 다 충전했다고나 할까.

햄버거에 대해 잘 알지 못하므로 기대할 바가 무엇인지 몰랐다고 하는 게 더 맞을지도 모르겠다. 어떤 포인트를 중점으로 두어야 하는지 알 수 없었다. 그래도 뭘 알아야 기대도 할 수 있는 것이다. 그런데, 햄버거를 받아 들고 이건 맛이 없을 수 없겠다고 생각했다. 그렇지 않습니까? 맛있게 생긴대로 맛이 있는 음식들이 있다.

햄버거 안의 코울슬로를 보고 일단 느낌이 왔다. 질척거리지도 않고 빽빽하지도 않고, 양배추와 당근이 신선함을 잃지 않은 선에서 절여져 있는 게 보였다. 케이준 스타일로 튀겨진 닭고기의 튀김 상태도 완벽했고, 다른 내장 식재료에 밀리지 않을 것 같은 햄버거 빵이며… 그런데, 정말! 눈으로 보는 것과 완벽하게 일치하는 맛이었다. 촉촉함과 바삭거림, 새큼함과 아삭거림, 고기의 씹는 맛과 감칠맛, 그리고 모자라지도 겉돌지도 않으며 이 모든 요소들을 조화롭게 아우르는 소스까지. 이 모든 게 한순간에 밀려들며 입안을 장악했던 것이다.

여기까지만 해도 되었는데 아직 말하지 않은 하나가 더 있다. 햄버거 안에 꽂아 넣은 주사기. 바늘이나 피스톤은 없지만 스리라차를 햄버거 안에 주입할 수 있게 만들어진 스리라차 주사기였다. 매운 맛을 알아서 조절하라는 이 상냥한 배려심!과 위트라니.

그 햄버거 가게를 리뷰해놓은 블로거들은 그곳을 '바닷가뷰 햄버거집'이라 칭했다. 실제로 이층에 올라가면 바다를 보고 앉아 햄버거를 먹을 수 있다고 하는데, 그날의 나는 미처 바다에까지는 관심을 갖지 못했다.

덧) 군소(일본어로는 '아메후라시'라고.)를 일본 만화책에서 처음 보았다. 어떻게 사람 이름이 '아메후라시'냐며 키득거리는 장면 덕에 기억하게 되었다.

치마와 망토

부산에 처음 갔을 때 가장 놀랐던 것은 순대였다. 더 정확히 말하자면, 순대를 써는 방식과 먹는 방식에 놀랐다. 아주머니는 잘 벼린 무쇠 칼로 순대를 세꼬시처럼 길게 썰었다. 거의 바이어스에 가까운 각도로. 그러니까 직각삼각형의 빗변의 기울기로 잘린 순대. 내가 먹어왔던 순대는 거의 평행으로 잘린 것들이었다. 김밥처럼.

아주머니의 현란한 칼질에 현혹되어 있는데, 순대가 나왔다. 쌈장과 함께. 부산식으로 막장이라고 해야 하는지도 모르겠다. 내가 먹어왔던 순대는 맛소금과 함께 나왔었고, 나는 순대를 맛소금이 아닌 떡볶이 국물에 찍어 먹곤 했지만,

부산에서는 부산의 법도를 따르기로 했다. 앗쌀하게 잘 드는 칼에 길게 잘린 순대는 내가 먹던 순대와 다른 음식으로 느껴졌다. 대창이나 막창 순대가 아닌 비닐 순대였음에도 말이다. 그건 '요리'였다. 어느 노점에서 먹었던 그날의 순대는 내게 잊지 못할 음식이 되어버렸다.

그런가 하면 가위로 써는 순대를 먹어본 적도 있다. 주방용 가위도 아니고 문구용 가위처럼 생긴 것으로 여자는 순대를 썰었다. 싹둑싹둑. 민트색 플라스틱 손잡이가 달린 그 가위가 내던 소리를 아직도 기억한다. 그 가위질 소리는 순대가 망가지는 소리였다. 순대의 포피와 속엣것들이 망가지던 소리. 입이 다물어지지 않는 순간이었다… 가위질이 끝난 순대는 종이컵에 담겨 나왔다. 나는 불연속적인 절단면으로 이루어진, 순대였으나 이제는 순대가 아닌 것을 조금 먹다 말았다. 가위로 순대를 자르시는 분의 순대답게 순대의 속은 말라 있었고, 가위는 잘 들지 않아 순대는 거의 터져 있었으니 그럴 수밖에.

'가위질 순대'에 필적하는 충무김밥을 먹은 적도 있다. 기계로 말고, 기계로 절단한 충무김밥이었다. 이앙기가 모를 옮겨 심고 탈곡기로 터는 시대가 된 지 오래지만, 김밥의 기계화란… 이건 영농의 기계화와 다른 문제인 것이다. 김 안에 밥알을 적당히 뭉쳐 놓는다고 김밥이 되는 것이 아니기 때문이다. 김밥이란, 밥알과 밥알 사이에 적당한 공기층을 함유해야 하는 것이다. 김밥을 먹는다는 것은, 밥알 사이에 들어 있는 공기층을 함께 먹는 것이기 때문이다. 나는 김밥에 있어서는, 근본주의자인 것이다.

이 충무김밥집에서 더 놀라웠던 일은, 문제의 충무김밥과 함께 포크가 나왔다는 점이다. 양갱을 찍어 먹기에 적당해 보이는 아주 작은 포크. 나는 그걸 보고 있다가 젓가락은 없냐고 물었다. 없다고 했다. '충무김밥을 먹으면서 젓가락을 달라는 사람도 있네?'라는 표정으로 나를 봐서 나는 더 혼란스러웠다. 다른 테이블에 앉은 사람들은 그 새끼 손가락만한 포크의 짤막한 날로 깍두기며 오징어 무침 따위를 찌르는데 집중하고 있었다. 불평 없이. '저만 이상한 건가요?'라고 테이블을 돌아다니며 묻고 싶은 날이었다.

젓가락질과 포크질에는 각각 어울리는 장르가 있다. 그렇다고 생각해왔다. 젓가락질을 잘 해야 먹을 수 있는 음식이란 게 있다.(젓가락으로만 가능하거나 젓가락에 최적화된 음식이란 게 분명히 있다.) 손끝의 근육을 섬세하게 움직여 젓가락으로 음식을 집는 행위에는, 낡았음에도 신선한 기쁨이 있다. 하지만, 그건 내 취향일 뿐이고, 젓가락이 아닌 숟가락이나 포크로도 먹을 수 있다고 생각한다. 치마를 망토로 입는 사람도 있는 것처럼.

개인의 일이고, 타인은 개인의 식습관에 관여할 권리가 없다고 생각하는 것이다. 하지만 대중식당에서 주인의 이해할 수 없는 취향을 손님에게 강요하는 건 문제가 있다고 생각한다. 그건 마치 망토를 만들어놓고 치마로 입지 않는다고 비난하는 것과 비슷한 일이 아닌지?

그날의 나는 침울했다. 충무김밥과 딸려 나오는 고춧가루가 잔뜩 묻은 무와 오징어 일습을 포크로 찍어 먹으라니. 흰 셔츠에 고춧가루가 튈까봐 마음을 졸이며 포크질을 했다. 너무하다고 생각하면서. 심지어 그 집은 그렇게 근본 없는 집이 아니었다. 아주 맛있지는 않아도, 한때 서울의 번화가였던 그 구시가에 나가면 저절로 가게 되던 그런 집이었다. 그 거리의 한 모퉁이를 잃어버렸다는 생각이 드는 날이었다.

가끔 부산의 순대에 대해 생각한다. 음식을 음식처럼 다루지 않는 사람들을 볼 때 더더욱.

음식의 기쁨과 슬픔

늦은 점심으로 샐러드를 먹고 있었다. 시든 루콜라와 토마토를 엉성하게 버무려 만든 샐러드. 올리브유와 레몬즙, 약간의 소금과 후추. 겨울이라서 그런 건지 아님 내가 무뎌진 건지 채소의 생기 같은 게 잘 느껴지지 않았다. 겨울의 샐러드란 이렇게 시시한 것인가? 본격적으로 푸성귀를 먹어야겠다고 작심한 사람의 마음에는 풋풋함에 대한 기대가 있는 것인데… 아, 시시하고 따분해. 젓가락을 놓아버렸다.

만드는 사람의 자부가 있으며, 즐겁게 먹는 사람들이 있는 영화가 보고 싶어졌다. 그런 영화를 대자면 한도 끝도 없겠지만(어찌나 다행스러운 일인지!), 그날 고른 것은 〈음식남녀〉(1994)였다. 화끈한 오프닝이 있는 영화로 기억하고 있기 때문이었다. 볶고, 지지고, 끓이고, 찌고 하는 소리들로 붐비는 영화. 기민하게 움직이는 남자의 두터운 손과, 색色과 열熱이 있는.

역시 대단한 오프닝이다. 식욕을 자극하는 소리는 말할 것도 없거니와 결이 다른 감각들이 충돌한다. 탄탄한 갑오징어의 몸집에 칼집이 새겨지고, 닭똥집은 어찌나 탄성이 넘치는지 도마 밖으로 튕겨 나갈 것만 같다. 홰를 치는 닭이 있고, 개굴거리는 개구리가 한가득이다. 이 디테일들! 끓어 넘치는 만유萬有. 한숨이 나온다. 아아, 이 사람은 진짜다… 예술가다… 그리고 먹는 것의 기쁨을 제대로 이해하는 사람이 틀림없다고 생각하는 것이다.

나는 갑자기 기분이 너무 좋아져서 이런저런 궁리를 하기 시작한다. 발뒤꿈치를 들고 청소를 하다가, 괜히 식탁도 한 번 닦아보고, 침대보를 벗겨내고, 좋아하는 것들에 대해 생각한다. 세상에 이쁜 것들은 어찌나 많은지, 그러므로 내가 좋아하는 것들의 목록은 한도 끝도 없을 수밖에 없다고 생각하면서, 갑자기 종알거리는 참새 같은 게 되는 것이다. 몇 분 전까지 이 방에 있던 허무주의자는 어디로 갔지?

아, 나는 역시 변덕스럽다. 그리고… 먹기 위해 사는 타입이다. 가볍고, 얄팍하도다. 도다. 인정하고 싶지 않지만 어쩔 수가 없다. 먹기 위해 사는 타입. 음, 이것은 요네하라 마리의 분류법에 따른 것인데, 그는 인간을 두 유형으로 나눌 수 있다고 했다. 살기 위해 먹는 타입과 먹기 위해 사는 타입. 요네하라 마리는 『미식견문록』이라는 책을 쓴 사람인데, 제대로 먹을 줄 아는 사람이고 꽤 웃긴다. 그는 말했다. 살기 위해 먹는 타입이 어쩐지 고상하지 않느냐고. 뭐, 그런 사람들일 것이다. 과학 기술이 발달해 캡슐 몇 개로 음식을 대체할 수 있으면 얼마나 좋겠느냐고 생각하는 사람들.

다시 비관적이 된다. 나는 영원히 고상한 사람 같은 것은 될 수 없을 것이다. 사는 게 시시하고 지루하다며 투덜거리고, 그러다 갑자기 웃음을 터뜨리고, 다시 팩 토라졌다가, 맛있는 것을 먹으면 반색하고, 그렇게 일희일비하며 변덕을 부리고, 이쁘거나 좋은 것을 보면 어쩔 줄 몰라 할 것이다. 쿨함과는 거리가 멀다.

이 〈음식남녀〉를 보다가도 오천련이 어찌나 아름다운지 숨이 멎는 줄 알았다.(세상에, 그녀의 아름다움을 이해하는 데 20년이 걸린 것이다!) 나는 아름다운 남자도 좋고, 아름다운 여자도 좋아하는데, 아무래도 아름다운 여자가 더 좋다. 남자도 아름다울 수 있지만, 나를 감탄하게 하는 경우는 드물

다. 그녀는 복합적으로 아름다웠다. 교교하면서도 관능적이었고, 청신하면서 단단했다. 어릴 때의 나는 오천련을 청순하게만 봐서 아름답다고 느끼지 못했던 것 같다. 뭔가 '남자의 눈에 이쁘게 보이려고 하는 느낌의 여자'로 그녀를 오해했던 것이다. 무엇보다 〈음식남녀〉의 그녀는 먹는 것의 기쁨과 슬픔을 아는 사람 같았다. 나는 정말이지 이런 사람에게 약하다. 그저 굴복.

그리고 이 글을 여기까지 쓰고는 생각하는 것이다. 오늘은 무엇을 먹어서 또 스스로를 기쁘게 할 것인지.

무엇이 되었든, 기쁘게 할 무언가를 드셨으면 좋겠습니다. 슬픔은 잠시 잊고요.

수프와 담배

스틱 자동차를 자유자재로 변속하며 운전하는 여자를 찬양하는 무라카미 하루키의 에세이를 읽은 적이 있다. 스틱 운전자의 인생이 '오토'로밖에 운전할 줄 모르는 사람의 그것보다 더 즐겁다고도 했었나, 풍요롭다고 했었나. 고개를 끄덕이며 읽었다. 나는 언제부턴가 세상은 어떤 면에서 공평하다고 생각하기 시작했는데, 뭔가를 잃는다면 뭔가를 얻게 된다는 점에서 그렇다. 불편한 대신 무언가를 얻을 것이다.

이런 생각의 일환에서 남동생이 첫 차를 살 때 스틱으로 사야 한다고 부추겼다. 막상 나는 수동 운전의 세계와는 거리가 먼, 2종보통 운전면허를 소지한 '오토형 인간'이면서 말이다. 오토 운전을 하면서도 혹시라도 밀릴까봐 급경사진 곳은 아예 가지 않으려는 사람이면서 말이다. '밀릴지도 몰라 공포증'이랄까. 나는 고소공포증과 함께 이 '밀릴지도 몰라 공포증'이 있지만 남동생은 그때 그렇지 않다고 알고 있기도 했고.

동남아로 발령받으면 대부분의 업무용 차는 수동일 것이고, 그 차를 운전할 줄 아는 사원은 드물 것이므로, 수동으로 운전할 줄 안다면 남달라 보일 것이라고, 나는 말했다. 동생은 결국 스틱 차를 샀는데, 문제는 수동 운전이 생각보다 귀찮다는 데 있다. 시동은 빈번히 꺼지며, 뒤 차는 눈치를 준다고 한다. 또 언덕에서 밀린다고… 그 얘기를 듣는데 미안해지면서 식은땀이 났다. 게다가 동생이 동남아에서 일하게 될 가능성 역시 현저히 낮다. 동생은 영어를 나름대로 익혔으나 동생이 일하게 된 회사는 영어를 쓸 일이 없는 회사였다. 아이러니가 아닐 수 없다. 수동 운전을 익혔지만 쓸데가 없고, 영어를 익혔지만 쓸 일이 없는 것이다. 한때 밤마다 동생이 식은땀을 흘리며 전화 영어를 하는 소리가 문틈으로 흘러나왔는데…

하루키의 이런 '스틱으로 운전하는 여자에 대한 로망'이 반영된 소설이 있다. 「드라이브 마이 카」라는 단편이다. 운전기사를 찾고 있던 남자가 한 여자의 운전 솜씨에 감탄하며 시작되는 이야기다. 여자가 엔진 회전수를 일정하게 유지하고, 브레이크나 액셀을 부드럽게 밟고, 평행주차도 문제없는 실력을 갖췄다며 말이다. 그런데… 여자는 신호를 기다리는 동안에 담배를 피운다. 말보로다. 누군가의 기사를 하겠다며 시험 운전을 하는 자리에서 담배를 피우다니… 이런 억지가 있나 싶지만 '뭐 소설이니까' 하고 말았다. 여자는 채용된다. 소설이니까.

기억 속에 있었는지도 몰랐던, 말보로를 피우던 한 여자가 떠올랐다. 말보로를 피우며 운전기사 시험을 치르는 여자가 나오는 이야기를 읽다가 말이다. 10년이 더 된 일이다.

당시 나는 초보 운전자였다. 신호가 바뀌기를 기다리고 있는데 옆에 차 한 대가 멈춰 섰다. 아주 낡아버린 남색 차였다. 스텔라였거나 로망이었거나 뭐 그런, 이제는 생산되지 않는 차에 젊은 여자가 혼자 타고 있었다. 여자는 어깨 관절을 돌리며 수동으로 창문을 열더니(신선했다!) 담배를 꺼내 물었다. 빨간 갑에 든 오리지널 말보로. 미간에 주름을 잡은 채로 담배를 피우던 그녀(그랬다!)는 자동차 변속기도 우아하게 다뤘다. 흔히 볼 수 있는 장면이 아니었다. 에쎄나 마일드세븐처럼 얇은 담배를 피웠다면 또 나름대로 보는 맛이 있었겠지만, 오리지널 말보로여서 그 순간이 더 각별했다.

당시 나는 양손으로 운전대를 꽉 잡고 운전하는 정도는 아니었지만 그녀의 여유에 반해버렸다. 한 손으로 운전대를 돌리며, 한 손으로는 담배를 피우는 그 어른의 여유에 말이다. 그때나 지금이나 나는 담배를 피우지 않는데, 이렇게 여유 있게 담배를 피우는 여자들을 볼 때마다 기분이 좋았다. 아주 상큼한 기분이 들었던 것이다. 담배 연기가 나한테로 향하지만 않는다면.

당시에는 술집에서, 혹은 술을 파는 식당에서 담배를 피우는 게 아주 당연한 것처럼 여겨지는 때였다. 왜 사람들은 실내에서 담배를 피우는지, 그래서 남의 테이블로 담배 연기가 오게끔 할 수밖에 없는지 나는 종종 이해가 안 되고 분해했는데 그때는 그게 시대의 분위기였다. 10년 후가 되면 이렇게 담배가 전면 금지될 거라고 예상할 수 없었다. 쓰레기통 옆에서 옹기종기 모여 담배를 피우는 사람들을 가련하게 여기게 될 거라고는.

말보로 여인을 생각하니 아키 카우리스마키의 영화도 생각이 났다. 〈과거가 없는 남자〉. 머리를 맞아 기억상실증에 걸린 남자가 나오는 영화다. 하루키의 소설 『여자 없는 남자들』이라는 제목에서 '과거가 없는 남자'를 떠올린 건지도 모르겠다.

하루키의 '여자가 없는 남자'는 과거를 잃었지만, 잊지는 못한다. 그래서 괴롭다. 아키의 '과거가 없는 남자'는 과거를 잃었을 뿐만 아니라 잊어버린 남자다. 그래서 더 괴롭다. 무엇인가를 잃어버린 게 분명한데, 잃어버린 게 무엇인지 알 수 없는 것이다. 아무것도 모른다. 이름, 생년월일, 직업, 가족, 집 주소… 무엇을 좋아했는지, 누구를 사랑했는지도. 또 가진 것도 없다. 아무것도.

이 남자도 담배를 피웠다. 피운다기보다는 먹었다. 이 남자에게 담배는 '기호'식품이 아니라 '식품'이라는 생각이 들었다. 남자가 담배 다음으로 먹는 음식이 수프였다. 수프를 여러 번 먹는다. 구세군이 가난한 사람들에게 나눠주는 수프를 먹고, 식당 주인이 그에게 베푼 수프를 먹고, 또 직접 끓인 수프를 자신을 도와준 가난한 남자들과 나눠 먹는다. 나는 이 영화가 '담배와 수프'라는 제목이었어도 좋았을 것이라고 생각했다.

어쨌거나 사람들은 담배를 먹고, 수프를 먹는다. 누군가는 수프를 먹듯이 담배를 먹는다. 나는 누군가에게는 담배가 세상에서 가장 맛있는 음식일 수도 있다고 생각한다. 누군가에게는 담배가 수프 같은 것일 수도 있겠다고.

덧) 내 얼굴에 담배 연기를 뿜어대던 2010년의 흡연자들을 미워했다. 2021년이 된 지금, 나는 흡연자들을 더 이상 미워할 수가 없다. 그들은 애처롭고 또…

크루아상의 시간

〈풀잎 사랑〉이라는 노래를 좋아했었다. "싱그러운 아침 햇살이/풀잎에 맺힌 이슬 비칠 때면/부시시 잠 깨인 얼굴로 해맑은 그대 모습 보았어요"라고 시작되는, 최성수가 만들고 부른 노래. 어린이였던 시절의 나는 이 노래의 가사 때문에 소방차보다도 최성수가 좋았다.

아침으로 크루아상을 먹고 있다. 크루아상을 먹다가 크루아상의 속이 이슬 맺힌 풀잎 같다고 생각했는데, 이건 한때 내가 품었던 〈풀잎 사랑〉에 대한 사랑의 발현이 아닌가 싶어 웃음이 나왔다.

평소에는 사과와 달걀을 먹는다. 사과 반 개와 거의 수란 정도로 익힌 달걀 한 개. 커피를 마실 때도 있고 차를 마실 때도 있지만 매일 사과와 달걀을 먹는다는 것은 거의 변하지 않는다. 이러다가 가끔 집을 떠날 때는 그곳에서 수급하기 간편한 것으로 아침을 먹곤 하는데, 거의 크루아상이다. 간만에 다시 크루아상의 시간이 돌아온 것이다.

한 달 내내 크루아상을 아침으로 먹은 적이 있다. 한 달 동안 파리에 살 때였다. 현관문을 열면 바로 맞은편에 크루아상을 파는 집이 있어서 가능했다. 심지어 한 곳이 아니었다. 그전까지는 아침으로 크루아상을 먹는 일에 대해 생각해보지 않았다. 내게 아침으로 크루아상을 먹는다는 것은, 집 앞에 갓 구운 크루아상을 파는 집이 있다는 것을 의미하기 때문이라서 그랬다는 걸 아침마다 크루아상을 사면서 깨달았다.

지금도 그렇다. 머물고 있는 제주 시내의 호텔 앞에 크루아상 집이 있다. 다른 빵도 파는 베이커리 카페라는데 내게는 그저 '크루아상집'이다. 갓 구운 크루아상 한 개만 있다면 다른 빵들은 딱히 관심이 가지 않기 때문이다.

전날에 구워놓은 크루아상을 먹을 수는 없다고 생각한다. 그것도 아침으로 말이다. 너무 바삭바삭한 나머지 숨만 크게 쉬어도 새처럼 포르르 날아가버릴 듯한 겉의 바삭바삭함과,

새벽의 이슬로 촉촉해진 풀잎만큼이나 싱그러운 속 때문에 크루아상을 먹는 것인데… 눅눅해져버린 겉과 수분이 말라 하루 만에 노화의 징후를 보이는 속으로 이루어진 크루아상은, 아침으로 어울리지 않는다.

촉촉함과 바삭바삭함이 있는 크루아상을 아침으로 먹는 것은 영원히 질리지 않을 것 같다. 사과와 달걀만큼이나 새롭다. 크루아상을 한 겹 한 겹 벗겨 먹는 일도 지겹지 않다. 크루아상 앞에서 나이프와 포크가 다 무슨 소용인가 싶어 또 손을 쓰곤 한다. 손으로 직접 대면하지 않는다면 크루아상을, 그 겹겹을 제대로 느낄 수 없다고 생각한다. 겹과 겹 사이에 포크를 넣어 크레이프 케이크를 먹을 때처럼 도르르 말아 먹을 수도 있겠지만 양손으로 뜯어 먹는 게 제격이다. 그렇게 접시와 손을 더럽히며 크루아상을 뜯어 먹다 종종 생각한다. 혹시… '문명인이 크루아상을 먹는 방법 같은 게 따로 있는 걸까?'라고 말이다.

아무것도 들어 있지 않은 플레인 크루아상은 완벽하다. '아무것도'라기에는 빵 안에 모든 게 들어 있긴 하지만 어쨌든. 초콜릿이 들어 있는 '팽 오 쇼콜라'나 아몬드 칩이 뿌려져 있는 크루아상이나, 토마토와 치즈가 들어 있는 크루아상 샌드위치 모두 아침으로 어울리지 않는다. 과하기 때문이다.

내가 원하는 아침의 식사는 무엇보다 넘치지 않는 것이다. 또 신선하고 단순할 것.

아침으로는 신선하고 단순한 것을 먹어야 한다,고 생각해왔다. 조금이라도 신선도가 떨어진다거나 맛과 냄새가 자극적인 것은 아침의 기운에 반反한다고 느낀다. 누구에게나 그렇겠지만 내게도 아침은 새 기운과 새 느낌을 받아들여야 하는 시간이라 그렇다. 아침을 먹는 동안 피가 서서히 돌기 시작하고 몸이 따뜻해지는 걸 느낀다. 그러다 눈도 떠지고 감각이 또렷해진다. 밤새 해체되었던 정신과 몸이 재조립되는 소리를 듣는다.

이제 집에 돌아와, 사과와 달걀을 먹으며 크루아상의 시간을 떠올리고 있다. 오늘 아침에 섞여 드는 지난 아침들이 꼭 크루아상의 겹 같다. 겹겹, 첩첩疊疊

깨 있는 인생

"들깨는 빼주세요." 식당에 갈 때마다 이렇게 말하곤 했었다. 들깨에는 원한이 없다. 단지, 어떤 음식이든 잊지 않고 들깨를 '토핑'하는 한국 음식의 '방식'이 마음에 들지 않았다. 그렇게 들깨로 덮어버리면 들깨의 맛밖에는 느껴지지 않는다. 특히나 선지 해장국이나 곱창전골, 감자탕(모두 좋아하는 음식들이다)에는 들깨가 뿌려져 나올 확률이 거의 85퍼센트쯤이라서 '들깨 유탄'을 맞지 않으려면 정신을 똑바로 차려야 했다. 또 들깨를 대거 투하하는 음식에는 깻잎도 함께 들어 있기 마련인데 이 역시 좋아하지 않는다. 깻잎도 들깨처럼 그 음식이 무엇이든지 간에 '깻잎화'시키기 때문이다.

그래서 나처럼 '들깨 비호감자'를 만나면 반갑기 그지없었는데 꽤나 고정팬층이 단단한 경양식집을 하는 아저씨도 그랬다. 문자로 이런 대화를 한 적이 있다.

아저씨: 들깨 왜 넣는지 모르겠어. 나: 그러니까요. 치즈 토핑하는 것도 아니고. 아저씨: 들깨 수제비 같은 거 왜 먹는지 모르겠어. 나: 그런 거 파는 데도 싫음. 샐러드에 새싹 채소 넣는 것도 별로. 아저씨: 나도 완전 별로.

그랬었는데…

들깨 순두부를 좋아하게 되고야 말았다. 한국 음식의 현장에서 과용되고 있는 들깨를 까던 1인이자 '들깨를 반대하는 2인조'의 일원이었던 나는, 과거를 저버리고 심지어 들깨 순두부를 그리워하고 있다. 꽤나 당황스럽다. 내 인생에 들깨가 들어올 줄이야…

발단은 예술의전당 앞에 있는 두부집에서였다. 예술의전당에 가면 85퍼센트 정도는 이 두부집에 가게 되는데 딱히 좋아하는 것은 아니다. 더 나은 대안이 없기 때문에 간다. 가서는 늘 하얀 순두부를 시킨다. 이 집의 하얀 순두부를 좋아한다기보다는 그냥 그렇게 하고 만다.(하얀 순두부를 좋아하는데 이 집의 하얀 순두부는 내가 좋아하는 스타일이 아니다.) 그런데 문제의 그날, 동행인은 들깨 순두부를 시켰고, 나는 고

개를 갸웃하며 이렇게 말했다. "들깨 순두부?"

그랬었는데…

순전히 '들깨 순두부 같은 건 무슨 맛이지?' 싶어서, 음식에 대한 호기심을 이기지 못하고 조금 덜어 먹다가 인생이 바뀌고 말았다. '들깨가 없는 인생'에서 '들깨가 있는 인생'으로.

들깨 순두부를 좋아하게 되었다. 이 식당도 좋아하게 되었다. 그리고 부끄러움을 무릅쓰고 고백하고 말았다. '내거보다 맛있는 것 같아'라고. 들깨 순두부를 시켰다고 비난조로 말하던 20분 전의 나는, 들깨 순두부를 파는 식당도 싫다고(!) 했던 예전의 나는, 사라지고 없었다.

그러고는 이렇게 들깨 순두부를 그리워하고 있다. '들깨 순두부 맛집'을 검색해보기도 하고, 예술의전당 두부집에 가기 위해 예술의전당에 갈 일을 만들기도 하면서 말이다. 소극적인 자세다. 레시피는 찾아보지 않고 있다. 그럴 단계가 아니라고 생각한다. 아직까지 들깨 국물로 된 음식을 먹어본 게 다 해봤자 열 번도 안 되기 때문이다. 들깨에 비호감이었던 만큼이나 들깨 경험치가 빈약하기 짝이 없는 것이다. 어떤 들깨 국물이 맛있는지에 대한 기준이 서기까지 시간이 더 필요하다고나 할까. 지금은 그저 경험할 때라고 생각한다.

들깨의 세계로 진입하면서 알게 된 사실이 있다. 깻잎은 들깨의 잎이고, 참깨와 들깨는 이름만 비슷하지 완전한 다른 식물이라는 것을. 그리고 깻잎과 들깨를 먹는 나라는 거의 한국밖에 없다는 것도. 일본의 깨 페이스트인 고마, 중동의 깨 페이스트인 타히니는 모두 참깨 페이스트라는 것도. 들깨 순두부를 먹기 시작했을 뿐인데, 고마와 타히니에도 관심이 생겼다. 참깨 페이스트로 할 수 있는 요리들에도.

'열려라, 참깨'가 아니라 '열렸다, 참깨'랄까. 들깨와 참깨라는 생소한 동굴의 문 앞에 서 있는 기분이다. 어쩌면 새싹 채소를 좋아하게 될 날이 올지도… (그럴 것 같지는 않지만.)

덧) 늦여름, 증기에 살짝 찐 무화과에 고마 페이스트를 뿌려 먹었습니다.

2부

마녀의 식탁에 흐르는 것들

피와 술

밥을 먹다가 과거를 고백했다. 한때 사슴 피를 장복했다고. 그 남자가 말했다. "흡혈귀가 어떻게 생겼나 했더니 이렇게 생겼구나?" 남자의 표정이 웃겨서 하루 종일 웃었다. 우리는 함께 적포도주를 마셨는데, 그 순간 나는 알지 못했다. 말라붙어버린 와인의 얼룩이 그토록 색정적으로 보인다는 것을. 그는 알았을까?

얼마 있다 흡혈귀 연인이 나오는 영화가 떠올랐다. 〈오직 사랑하는 이들만이 살아남는다〉. 짐 자무쉬가 연출했고, 한국에는 2014년에 개봉했다. 좀 이상한 영화다. 폭력적이지도 색정적이지도 호쾌하지도 않은 뱀파이어물. 안 이상한가? 뱀파이어 영화에서 피를 빠는 장면이 거의 없다는 것이. 총질을 기대하며 액션 영화를 보는 것처럼, 뱀파이어 영화를 볼 때는 역시 기대하게 되는 것이다. 이 감독은 또 어떤 식으로 피를 빨게 할까라고.

이상하다고 했지만, 나쁘다고 하지는 않았다. 이 영화는 좋다. 나는 이 영화를 좋아한다. 이 특별한 연인들이 좋다. 이 흡혈 남녀가 사는 재미를 아는 사람들이라서일까? 이들은 불멸하는 예술가로 설정되어 있는데, 주고받는 대화도 그들답다. "그 남자 맛있었어"라거나 "당신이 목말라 하는 걸 주지"라는 식의 상상력을 건드리는 말들을 한다. 몽롱하고 나른하고 따뜻하다. 취기가 오를 때처럼, 사랑 비슷한 것에 빠질 때처럼, 욕탕에 몸을 담글 때처럼… 잘 설명이 되지 않는다. 가슴이 시키는 일을 어찌 머리가 정돈할 수 있겠는가.

이 흡혈귀들은 피를 빨지 않는다고 앞에서 말했다. 다른 방식으로 마신다는 말이다. 그렇다면? 믿을 수 있는 피, 그러니까 유기농 혈액만을 마신다. 와인 잔에 담아서 적포도주처럼 음미한다. 피를 마시고 나면 어찌나 좋은지 송곳니가 솟는다(어디 송곳니뿐일까?). 나는 이들이 와인 잔에 담긴 피를 적포도주처럼 마시는 장면이 다시 보고 싶어졌다.

그래서 저녁을 가볍게 먹고, 동네 슈퍼에서 적포도주를 사서 집으로 돌아왔다. 인터넷으로 결제한 후, 영상 파일을 컴퓨터에 다운로드한다. 불을 끄고 영화를 재생시켰다. 나는 그렇게 한밤의 극장에서 어떤 남자와 함께 봤던 영화를 다시 봤다. 누군가와 보았던 영화를 혼자 보면서 또 다른 남자에 대해서 생각하는 것은 달콤하면서 쓸쓸한 일이라고 생각했다. 침대에서 와인을 홀짝이면서 말이다.

역시, 좋다. 피를 적포도주처럼 음미하는 그 장면. 이 연인들이 취한 걸 보는 게 좋다. 피에 취하고, 예술에 취하고, 사랑에 취하고. 그들은 세상에서 둘째로 행복해 보였다. 이런 속엣말이 들리는 것 같았다. 나를 살게 하는 것은 피요, 예술이요, 당신이라.

흡혈귀가 아닌 우리로서는, 피를 술로 대체할 수 있을 것이다. 그렇다면, 사랑은? 예술은? 모르겠다. 사랑은 너무 복잡하니 일단 됐고, 예술. 예술이 별건가? 내 안의 즐거움을 이끌어내는 게 예술이라고 생각한다. 흥에 취하는 것, 매 순간을 새롭게 샘솟게 하는 것, 시간을 늘렸다 줄였다 하면서 접고 펴는 것. 시간과 공간에 저항하는 것. 중력에 저항하며 점프하는 것. 그렇게 내 몸과 마음을 덥히는 것. 정답게 하는 것. 내가 정의하는 취생몽사다. 이러다 보면, 정말 취한 듯 살다 꿈꾸는 듯 죽을 수 있지 않을까? 단, 흐리멍덩하지 않고 생생하게 살기, 그리고 죽기.

나는 적포도주를 먹는다. 그 남자도 적포도주를 먹는다. 당신의 마음도 먹는다. 우리는 취한다. 상상 속에서 말이다. 그런데 무엇에? 무엇에 취해야 하지?

그 남자가 웃는다. 송곳니가 솟고 있다. 몽매의 순간이다. 나는 생각한다. 당신의 피를 마시고 싶다고. 영원히 살고 싶다고.

와인을 마시면 이런 생각이 몽글몽글 피어오르는데, 이래서 와인이 좋기도 하고 싫기도 하다. 와인을 마시고 생각이 많아지는 날의 나는 와인을 와인이 아닌 적포도주라 부른다.

덧) 딱히 흥미가 없던, 종이팩에 든 적포도주를 마셔보아야겠다고 생각하는 겨울 밤. 흡혈귀 남녀가 유기농 혈액을 마시는 기분으로.

섬약한 루겔러호

라스 폰 트리에의 영화를 보다 음식이 당기는 날이 올 줄은 몰랐다. 확률이 희박한 일이 실현되는 걸 기적이라고 부른다지만, '경우의 수'에도 없던 일이다. 이를테면, 개코원숭이와 사랑에 빠진다거나 바다거북의 피부를 선망하게 되는 것과 맞먹는 정도랄까.

잔혹함을 위한 잔혹극을 만든다고 생각했기 때문에 나는 그와 멀찍이 떨어져 있고 싶었다. 그런데…… 요상한 일이 일어났다. 내가 그의 영화를 보면서 웃고 있었다. 최근에 본 영화 중에서 가장 웃겼다. 코엔 형제 영화를 볼 때처럼 대놓고 웃을 수가 없어서 필사적으로 참았다.

'님포매니악'이다. 님포매니아는 여자 색정증 환자라는 뜻. 여자 색정증 환자의 일대기랄 수 있는 이 영화는 색정적이지 않았다. 감각적이었다. 감독은 시각과 청각과 촉각을 자극하더니 미각마저 건드렸다. 루겔러흐라는 빵으로. rugelach. 어떻게 읽어야 할지 난감하다. 나는 루겔라흐라고 알고 있었는데, 영화에서는 루겔러흐라고 발음한다. 루겔라rugelah로 부르기도 한다.

일단 빵이라고 했지만 바삭거리는 빵이다. 페이스트리종류다. 그러니까 과자도 아니고 빵도 아닌 식감. 어디서 파는지 알고 있었지만 관심이 없었다. '루겔라흐도 다 파네?' 이 정도였다. 나는 페이스트리에 대한 나름의 입장이 있다. 집에서는 삼간다. 청소라든가 걸레질 같은 걸 최소화하며 살아가기 위해서는 어쩔 수 없다. 포크를 가져다 대기 무섭게 포르르 날아가버리는 밀푀유 같은 것들은, 정말이지 두렵다.

이 영화에 루겔러흐는 세 번 등장한다. 첫 번째 등장, 남자가 여자에게 케이크 포크와 함께 루겔러흐를 준다. 화면 안의 그것은 딱딱한 크루아상처럼 보였다. 그리고 크루아상보다 덜 꼬인 형태였다. 크루아상이 돌돌돌돌돌 말린 것이라면 루겔러흐는 돌돌 정도 말렸달까. 여자는 살짝 비웃는다. '페이스트리를 왜 포크로 먹어야 하지?'라는 식이다. 그러고는 그 남자에게 자신이 알던, 루겔러흐를 먹던 두 명의 남자 이야기를 한다.

그리하여 두 번째 등장. 비서였던 그녀가 젊은 사장에게 루겔러흐를 가져다준다. 사장은 포크를 요청하고, 그녀는 뜨악한 얼굴로 포크를 준다. 그래서 이 남자는 포크로 루겔러흐를 먹는다. 어딘지 애송이처럼 보였다. 시간이 좀 더 흐르고 세 번째 등장. 그 사장의 사무실에 늙은 남자가 있다. 요양 중이던 진짜 사장이 돌아온 것이다. 사장은 자신의 조카이기도 한 대리 사장이 떠났다고 말한다. 그러면서 손으로 루겔러흐를 먹는다. 한 명은 제대로 먹지 못했고, 한 명은 제대로 먹는 것이다. 그러나 여자는 제대로 먹지 못한 남자를 사랑했다.

별것도 아닌 이 장면을 보면서 나는 라스 폰 트리에라는 남자에 대해 생각했다. 이 생긴 것도 무서운 남자는 페이스트리 가루의 무서움과 곤란함, 지겨움을 알고 있는 것이라고. 그리고 생각했다. 세상에서 제일 '쎈' 남자로 보이는 그가 어쩌면 섬약하고도 여린 사람일 수도 있겠다고. 세상에서 가장 밝은 것처럼 보이는 사람이 세상에서 가장 슬픈 사람일 수도 있는 것처럼 말이다. 산이 높으면 골짜기도 깊을 수밖에 없는 이치랄까.

결국 루겔러흐에 투항해버렸다. 사러 갔다. 루겔라라는 이름으로 팔고 있었다. 내가 먹은 루겔러흐는 그렇게 바삭거리지 않았다. 후, 하고 불어도 그대로 있을 만큼 굳건했다. '촉촉한 초코칩' 정도의 느낌이랄까. 어딘지 맥이 빠지는 기분이었다. 다른 나라에서 루겔러흐를 먹어보지 못해 바사삭거리는 루겔러흐가 정석이라고 주장할 수도 없다. 혹시 이곳의 루겔러흐만 이렇습니까?

우아한 여자의 오리 우동

"야옹야옹하며 다가와 몸을 비벼 대는 것은 고양이가 아니다. 그것을 올해 나이 마흔다섯의 영장류 인간과의 수컷이다. 세상에서는 아저씨라 불리는 나이 대이지만 나는 그렇게 생각하지 않는다. 나 자신도 나이 대가 비슷하기 때문이리라. 주위에 사람이 없을 때면 우리는 아직도 소년 소녀. 뻔뻔스럽다는 생각은 조금도 없다. 단 둘이 있을 때, 우리는 세상사를 모두 떨쳐 버리고 야옹야옹하고 운다. 짹짹거리며 울기도 한다."

이런 문장이 나오는 소설을 좋아하지 않는 사람도 있을까?(있겠지?) 야마다 에이미 소설 『돈 없어도 난 우아한 게 좋아』에 나오는 첫 단락이다. 고양이 두 마리 얼굴이 그려져 있는 표지가 기묘해서 책장을 넘겼다가 조용히 덮었다. 그러고는 조용히 책값을 계산했다. 조용히 욕조에 들어가 읽고 싶어졌기 때문이다. 맥주 한 잔도 함께라면 더 좋겠다고 생각하면서 맥주도 샀다.

10년 만에 이 소설을 다시 폈다. 당시에는 잘 느끼지 못했는데 '나이는 숫자에 불과하다'며 인간은 영원히 아이라고 말하는 위의 시작 부분이 다르게 느껴진다. 10년 전의 나보다 지금의 내가 정신적으로 성숙했다거나 어른스러워졌다고 주장할 수는 없겠고, 세상 더 없이 유치하게 놀고 있기 때문이다. 흠. 이런 상태로 나이를 스무 살, 서른 살 더 먹는다고 생각하면, 마음은 그대로인데 몸만 나이 든다고 생각하면 기분이 이상해진다. 흠.

이 소설을 펼친 이유는 '오리 우동' 때문이다. 연애를 시작한 남녀, 사카에와 지우가 처음으로 함께 먹은 음식이었다는 것만 기억하고 있다. 야마다 에이미가 오리 우동에 대해 어떻게 썼는지 갑자기 궁금해졌기 때문이다. 10년 전의 나는 이 소설을 읽고 참을 수 없이 오리 우동이 먹고 싶어졌고, 그래서 한국에서는 잘 팔지 않는 오리 우동을 찾아 헤맸다. 오리 우동을 카모우동이라고 부른다는 것도 알게 되었다.

소설에 나오는 오리 우동은, 어쩜 정겹게도 냉동 우동이었다. 냉동 우동이기는 하지만 고기 우동이나 카레 우동보다 비싸고 심지어 '수타 우동'이기도 한 오리 우동이라나? 사카에의 집에 가서 지우는 이 수타 우동인 동시에 냉동 우동인 오리 우동을 끓인다. 오리 우동이고, 수타 우동이라 일반 냉동 우동보다는 비싸다며 약간의 사치 품목이라고 허세를 부리는 지우. 이렇게 흔히 구할 수 있는 것도 많은데 미식가를 자처하는 사람들이 메스껍다는 지우. 그러면서 농장에서 온 신선한 달걀을 우동에 넣는 지우. 사랑스럽다.

참을 수 없이 오리 우동이 궁금해져 오리 우동을 찾아 다녔다. 당연히 냉동 오리 우동이 있으면 심혈을 기울여 오리 우동을 끓여보았겠지만… 한국 편의점에서는 구할 수 없었다. 어쩔 수 없이 사먹을 수밖에. 한 다섯 번쯤 먹었나? 오리 우동을 파는 데가 많지 않기도 했는데, 솔직히 입에 맞는다기에는… 오리 기름이 둥둥 뜬 맑은 국물에 잘 적응이 되지 않았다. 오리와 국물 요리가 잘 어울리지 않는다고 주장하려는 건 아니다. 강릉에서 먹었던 산채오리전골은 두고두고 기억나는 음식이다.

이 책을 다시 보다가 어쩌면 달걀 때문일 수도 있겠다는 생각이 들었다. 오로지 한국에서 먹어본 오리 우동에는 달걀이, 수란 정도로 익힌 달걀이 들어 있지 않았다. 『돈 없어도 난 우아한 게 좋아』에서 오리 우동 예찬자 지우는 사카에에게 이렇게 묻는다. 달걀을 잘 어르고 있느냐고.

어르다! 달걀과 '어르다'라는 동사가 이렇게 잘 붙을 줄이야. 하지만 사카에는 잘 어르기는커녕 이미 터트려 국물에 휘저었다. 이 부분을 읽다가 10년 전에도 미간을 찡그렸던 게 기억났다. '스키야키 찍어먹는 날달걀도 아니고'라고 생각했다.

나 또한 아주 미약하게 익기 시작한, 날달걀 상태를 갓 벗어난 달걀을 잘 어르기 위해 애쓰는 사람이기 때문이다. 콩나물 해장국을 먹을 때도 그렇고, 라면을 끓일 때도 그렇고, 양곰탕(정겹게도 냉동식품)을 끓일 때도 그렇다. 다년간의 숙련으로 어떻게 하면 달걀을 잘 어를 수 있는지, 어느 타이밍에 먹어야 액체 상태의 노른자를 충분히 느낄 수 있는지 알게 되었다. 달걀 어르기 전용으로 지정한 조리도구의 역할이 무엇보다 크지만.

이제 달걀은 잘 어를 수 있게 되었으니, 오리 우동만 끓일 줄 알면 된다. 오리 뼈를 고고, 기름을 거르고 하는 일보다는 해외 직구를 하는 게 우아할 것이다.

덧) 10년 만에 강릉에 가서 산채오리전골을 먹었다. 여전히 영혼을 위로하는 맛이랄까? 감기가 뚝 떨어졌다.

정신분석과 토마토 파스타

"내가 보던 마피아 드라마가 있는데, 거기서 주인공이 살인을 하고 와서 졸개들과 먹던 요리야"라고 말한 적이 있다. 집으로 초대한 지인들에게 오소 부코를 내면서였다. 그 자리에 있던 소설가 Y가 말했다. "아아, 그러니까 우리가 졸개들인 거네요"라고. "앗, 그렇게 되는 건가?"라며 나는 당황했고…

신나게 먹고 난 상을 치우면서 그 드라마에 어쩌면 오소 부코가 안 나왔을지도 모르겠다는 데 생각이 이르렀다. 꽤나 긴 드라마이고 등장인물이 매회 다양한 이탈리아 음식을 먹는 데다, 마피아들이 채식주의자도 아니니 송아지 정강이뼈 요리인 오소 부코가 나오지 말라는 법도 없지만 말이다.

미국 드라마 〈소프라노스〉다. 세계의 온갖 드라마를 섭렵한다고 알려진 문학평론가 N이 추천하면서 했던 말이 하도 인상적이어서 보게 되었다. 시간이 너무 지나버려서 N이 무슨 말을 했는지 기억나지 않지만, 이 드라마에 대한 강렬한 감정들은 남아 있다.

드라마에 빠지지는 않았다. 정신분석과 이탈리아 요리에 빠졌을 뿐. 〈소프라노스〉에는 매회 주인공인 토니가 정신분석을 받는 장면과 이탈리아 요리를 즐기는 장면이 나왔던 것이다. 심지어, 살인이 곁들여진 정신분석과 요리. 살인 장면을 보는 것에는 흥미가 없지만 살인이 곁들여진 정신분석과 요리는 흥미가 없다고 말할 수 없다.

이 모든 게 소프라노스 가문의 장자인 토니가 마피아이기 때문에 벌어지는 일들이다. 미국 뉴저지에 살고 있는 토니 소프라노스는 거의 매일같이 사람을 죽인다. 코를 푸는 것처럼이나 담담하게 살인하고, 고통스러워하며 정신분석을 받고, 또 사람을 죽이고 와서 토마토소스가 흥건한 파스타를 먹는다. 그게 토니의 일상이다. '살인'과 '정신분석'과 '이탈리아 음식'이 삼위일체인 삶이랄까. 정신분석도 정신분석이지만 나는 마피아들이 이탈리아 식당에 가서 한판 벌이는 먹고 마시는 장면과 화면에 펼쳐지는 이탈리아 음식의 향연을 보려고 그 많은 살인 장면을 견뎌야 했다.

그 이탈리아 식당의 주인이 아티 부코다. 소프라노스 일가처럼 나폴리 사람인 아티 부코는 할아버지와 아버지에 이어 삼대째 미국에서 나폴리 식당을 하고 있는데, 소프라노스와 그 졸개들은 늘 여기에서 밥을 먹었던 것이다. 나는 이 아티 부코의 요리책도 가지고 있다. 드라마가 얼마나 인기 있었던지 드라마 등장인물의 이름을 딴 요리책이 나왔던 것이다. 아티 부코가 현실 세계에 실존하는 인물은 아닌 것 같다. 요리책 작가가 '아티 부코가 쓴 것처럼 써주시겠어요?'라는 제안을 승낙하고 쓴 책으로 보인다.

나는 이 책을 좋아한다. 아티 부코인 척하고 쓴 머리말에 이런 말이 있기 때문이다. 이탈리아인들에게 음식이란 그저 육체의 에너지원이 아니라 삶에 대한 열정이라는. 이탈리아인은 아니지만 나 역시 매우 그러하다. 야채를 만질 때면 무뎌졌던 감각이 깨어나는 걸 느끼고, 음식의 이름과 역사와 기원에 대해 궁금해하다 보면 새로운 무엇인가와 만나게 되고, 처음 대하는 식재료를 통해 미지의 세계가 열리곤 했던 것이다. 나는 음식을 통해 세상을 배웠고, 여전히 음식을 대하면 세상을 더 알고 싶어지며 호기심이 생긴다. 마치 듬성듬성 놓인 돌다리 앞에 선 기분이랄까. 아, 짜릿해.

식당 주인이 '아티 부코'라서 토니와 졸개들이 '오소 부코'를 먹었다고 오인했을 수도 있겠다는 생각이 들었다. 내 머릿속에서 조각난 형태로 존재하는 기억의 찌꺼기들은 종종 이렇게 착란을 일으키기도 하는 것인데, 내게 전담 정신분석의가 있다면 가장 상담받고 싶은 부분이다.

어쨌거나 그날의 난 거의 십년이 지나서 소프라노스와 오소 부코를 떠올렸던 것이다. 마침 그날 갈비가 있기도 했고, 매번 똑같은 방식으로 요리를 하는 걸 지긋지긋해하는 나는 '아, 오소 부코라는 걸 한번 해볼까?'라며 작업에 착수했다. 오소 부코가 정확히 어떤 요리인지 모르면서 말이다. 영화와 책에서만 봤지 먹어본 적은 없었던 것이다. 그래서 자유로울 수 있었다. 원래는 송아지 정강이뼈로 하는 요리인데 나는 그냥 소갈비로 했고, 화이트 와인을 넣는다는데 따놓았던 레드 와인을 넣었다.

토니가 가장 많이 먹던 음식은 토마토 지티였다. 앞에서 말한 '토마토소스가 흥건한 파스타'가 바로 지티였다. 애벌레처럼 몽글몽글한 펜네 면 파스타 같다고나 할까? 한 이탈리아 식당에서 '로제 소스 지티'를 파는 걸 발견한 나는 이렇게 요청한 적이 있다. 로제 소스가 아닌 토마토소스로 바꿀 수 있겠느냐고. 왜냐하면, 내게 지티란 당연히 '토마토 지티'

일 수밖에 없으니 말이다.

신비의 바다포도

포도를 좋아한다.

포도가 나오기 시작할 때부터 들어갈 때까지 나는 '포도교 신자'가 된다. 밥 대신 줄기차게 먹어도 질리는 법이 없다. 게다가 아름답다. 눈에 확 띄는 계열이 아니라 은은하게 아름다운 계열. 알고 보면 육감적이기까지 하다. 얇은 껍질이 탱탱한 과육을 싸매고 있는 것이다. 슈미즈만 입고 있는 셈이랄까. 대단하다. 이런 과일이 또 있을까. 그러니 바라보기만 해도 배부르다(고는 차마 못 쓰겠다).

포도의 생김새에 반한 것이 언제부터인지는 모르겠지만, 이런 기억이 있다. 초등학교 미술 시간에 포도 모빌을 만들어보겠다고 시도했었다. 시도만 했었다. 그리고 슬펐다. 내 재주는 병아리 발톱만도 못하다니. 나는 미술이 좋은데, 미술은 나를 좋아하지 않았다. 그런 게 어디 미술뿐일까 싶은데… '재주가 메주'라는 말을 들으며 자랐다.

어쨌든.

격주에 한 번 쓰기로 한 이 코너의 제목 후보군에는 '포도알 유희'도 있었다. 내가 포도알들을 데리고 노는 방법은 이러하다. 씻은 포도를 송이째 들고 흔든다. 세 살짜리 아가가 타고 있는 그네를 밀듯이 살랑살랑. 청정한 땀 같은 물방울이 바닥에 떨어진다. 물방울의 개수를 셀 때도 있다. 곧 포기하지만. 아니면 은쟁반에 올려둔다(고 상상한다). 포도가 등장하는 어떤 시에서처럼, 은쟁반 곁에 하이얀 모시 수건도 마련한다(역시 상상 속에서). 시의 제목처럼 '청포도'라야 할 것이다. 연둣빛 껍질과 연둣빛 알맹이 사이로 빛이 스며든다. 투명하지도 그렇다고 불투명하지도 않은 간유리에 빛이 머물러 있듯이. 바라본다.

그러니 바다포도에 혹할 수밖에. 바다포도에 대해 알게 된 것은 한참 전이었다.

바다포도라고?

일본 작가의 소설인지 산문인지에서 읽었다. 바다포도는

어떤 묘사도 동반하지 않은 채 유유히 나타났다 사라졌다. 잊을 만하면 어딘가에서 또 출몰했다.

이제 그것의 다른 이름도 안다. 우미부도海ぶどう. 바다 '해' 자가 들어간다. 이러니저러니 해도 바다포도인 것이다. 생김새도 알게 되었다. 작은 청포도 모양이라고 한다. 캐비아를 닮았다고 해서 그린 캐비아라고도 불린다는 것도 알게 되었다. 철갑상어의 알이라는 그 캐비아다. 마음에 안 드는 이름이다. "자네, 캐비아는 못 먹을 테니 그린 캐비아라도 먹지 그래." 이런 느낌이기 때문에.

우미부도는 오키나와 말이라고 들었다. 바다포도가 오키나와 바다 출신이라는 말이기도 한 것이다. 해초다. 청포도를 닮은 해초. 무심하게 아름다운 해초.

해초는 위대하다. 플랑크톤과 기타 등등의 물질(상식이 없어 죄송합니다)을 먹고 자란다는 것도 신비하다. 해수를 따라 출렁이며 자랐을 해초를 생각하면 나도 출렁거리는 기분이다. 그래서일까. 나는 새로운 해초를 접할 때마다 충격을 받아왔다. 이렇게 새롭게 깨끗한 맛이라니. 매생이, 쇠미역, 곰피, 모자반을 거쳐 최근에는 꼬시래기에 반했다. 그리고 또 지누아리!

입안에서 바다포도를 터뜨리고 싶다. 바다를 터뜨리는 촉

감일까?

덧) 이렇게 썼었는데, 이제 비교적 쉽게 바다포도를 구할 수 있게 되었다. 원한다면, 내일이라도 먹을 수 있게 된 것이다. 아직은 바다포도를 주문하고 싶은 생각이 안 든다.

경상도식 뭇국

경상도 음식이 맛이 없다는 편견은 누가 만들어낸 걸까? '남남북녀'라는 말만큼이나 터무니없다고 생각한다. 남한 남자도 남한 남자 나름이다. 남한의 여성분들께 묻습니다. 그렇지 않습니까? (남한 남자가 별로라는 이야기가 결코 아닙니다.) 어떤 남자가 괜찮은가라는 화제는 복잡하고도 오묘하므로 생략하기로 하고… 그러니까, 경상도 음식도 경상도 음식 나름이라는 말이다.

얼마 전에 '떡국 맛있게 끓이는 법'을 검색하다가 흥미로운 논쟁을 목격했다. 경상도에서는 맹물에 떡국을 끓인다는 경상도 며느리의 글에 비경상도인들은 '역시 경상도!'라며 놀라워했고, 몇몇 경상도인들은 '님 집에서만 그런 것'이라고 반박했다. 결국, 떡국을 업그레이드할 만한 팁을 얻지 못했다. 그냥 우리집에서 먹던 대로(그러니까 경기도식) 양지로 맑은 국물을 내고, 양지를 결 반대로 썰어 실고추와 대파의 흰 부분만 넣어 꾸미를 만들어 얹어 먹었다. 정통 방식은 양지를 결대로 찢는 것이지만 나는 양지의 결 반대로, 좀 두툼하게 써는 게 좋다. 또 양지보다 사태를 선호한다.

음식을 둘러싼 지역 평판이 궁금해졌다. 이를테면, 음식에 관해서는 세계적으로 과소평가(?)되고 있는 독일이지만, 그 안에서도 우위가 있고 깔봄도 있고 그런지 말이다. '작센 음식은 별로야. 역시 우리 바이에른이 최고지!' 뭐 이런 식으로 출신 지방의 음식에 대한 자부심을 다락같이 내보이며 다른 지방 음식에 대해서는 평가절하를 할까? 그런 사람이 있기야 있겠지만, 한국에서처럼 일종의 집단무의식 정도는 아니지 않을까? (하지만 역시 자신이 없군요.) 나는 그런 집단무의식에 젖어 있는 몇 사람을 알고 있다. 자신의 고향을 탓하며 '그러니 미각이 발달할 리 없지'라거나 '그래서 나는 천식가'라고 말하는 사람들을 몇 알고 있다.

나는 그들과는 상당히 다른 의견을 가지고 있다. 그렇다면, 콩잎 장아찌나 고추장에 버무린 가죽나물이나 안동국시는 뭐란 말인가? 또 경상도식 뭇국은 뭐란 말인가? 칼국수를 그리 좋아하는 편은 아니었던 나는 안동국시를 처음 먹고 상당히 놀랐다. 반투명한 하얀 국물에 음전하게 담긴 세발낙지처럼 얇은 면과 애호박의 연둣빛 속살의 조화부터가 충격이었다. 그리고 알게 되었다. 칼국수를 좋아한다며 서민적인 이미지를 각인시킨, 한 경상도 출신 전직 대통령의 칼국수는 칼국수가 아니었음을. 그것은 안동국시였다. 나는 안동국시는 칼국수가 아니라고 생각한다.

안동국시를 알게 된 이후로 나는 다른 경상도 음식을 먹어보지 않아도 될 듯한 충만함에 빠져 있었다. 그런데, 또 다른 경상도 음식이 내 인생에 등장했다. 경상도식 뭇국이었다. 경상도에서는 그냥 '뭇국'이겠지만. 나는 이 음식을 서울에 있는 한 백화점의 푸드코트에서 처음 먹었다. 동행인이 '따로국밥'이라는 이름의 음식을 시켰던 것이다. 난 이 이름을 듣고 살짝 눈살을 찌뿌렸는데, 밥이 국에 말려 나오지 않고 따로 나오는 것 말고는 내세울 게 없어서 이름을 이렇게 지은 거라는 생각이 들었기 때문이다.

그랬던 나는 따로국밥의 국물을 한 번 먹어보고는 이렇게 말했던 것이다. "바꿔 먹을래?"

나는 당당했다. 그럴 만한 이유가 있었다. 무엇이었는지 기억이 나지 않는 내가 시킨 음식이, 그가 시킨 따로국밥보다 그의 마음에 들었던 것이다. 그리고 그는 자기가 시킨 음식에 거의 절망하고 있었다. "이게 뭐야? 뭇국이잖아"라며 집에서 매일 먹는다고 했다. 문제의 따로국밥이, 경상도에서 태어난 자칭 '천식가'인 그가 집에서 매일 먹는 음식이라고 했다. '아니, 이렇게 절묘한 맛을 어떻게 싫어할 수 있지?'라며 탄식과 함께 실소가 나왔지만 참았다.

그 순간에는 성의 없는 이름을 붙인, 본래는 뭇국이라는 그 음식에 빠지는 것만이 중요했다. 콩나물과 파, 쇠고기, 그리고 무가 빨간 국물에 담겨 있었다. 그리고 청량하게 뜬 붉은 기름… 한 숟가락 뜬 밥 위로 무를 나붓이 올리자 쌀알과 쌀알 사이로 붉은 기운이 스며들었다.

"맛있어?" 동행인은 말했다. 그리고 덧붙였다. 자기 엄마가 더 잘한다고. 참고로 나는, 자기 엄마만 한 미인은 없다거나 자기 엄마의 음식이 세상에서 최고다 하는 유의 말은 신뢰하지 않는다. 게다가 그는 맛에 대한 분별력과 포용력이 상당히 떨어지는 편이었다. 하긴 그는 맛뿐만이 아니라 이런 저런 것들을 구분하지 못하는 사람이었다. SM3와 아반떼를 구분하지 못하고, 석류와 자몽을 분간하지 못하는 그를 보며 나는 세상에는 저런 사람도 있구나라며 기이하게 바라보곤 했다.

이 음식을 처음 먹던 순간을 또렷이 기억하고 있다. 백화점이 '고메 스트리트'를 만든다며 리모델링하면서 '따로국밥'이라는 이름으로 빨간 뭇국을 팔던 그 식당은 없어졌다. 그 사람과도 볼일이 없어졌다.

나폴리와 나폴리탄

클래식이든 가요든 재즈든 어떤 장르든, 음악에 딱히 반응하지 않는 뻣뻣한 몸이지만 오페라만 들으면 달라진다. 다른 사람들이 음악을 들을 때처럼 마음이 찌르르하고 기분이 오묘해지고… 이런 생각을 하게 되는 것이다. '아, 나도 음악에 반응하는 사람이었구나'라고. 어쩌면 그렇게나 음악에 무감하냐는 말을 많이도 들어왔던 나로서는 아리아는 아리아대로 레치타티보는 레치타티보대로 반응하는 스스로가 신기하다.

그렇다고 해봤자 마니아는 아니다. 가끔 오페라 음반을 듣고, 더 가끔 오페라 공연을 보러 갈 뿐이다. 어쩌다 우연히 흘러나오는 오페라의 한 대목을 듣고 '아아아아' 하며 조용히 움찔하는 걸 추가할 수 있을까 싶지만… 그러다 만다. 그래서 어떤 영화였는지 기억이 나지 않는데, 사람들이 한 방에 모여 녹음된 오페라를 들으며 전율하는 걸 보고 '나도 저런 통각이 갖고 싶다고!'라며 분해했다.

두 시간이 넘는 상영 시간 내내 오페라가 나오는 영화를 보고 간만에 노곤해졌다. 파바로티가 나오는, 제목도 〈파바로티〉인 영화였다. 〈귀여운 입술〉로 시작해 〈나부코〉, 〈라보엠〉, 〈사랑의 묘약〉, 〈토스카〉, 〈마농 레스코〉, 〈투란도트〉까지 파바로티가 부르거나 영화의 배경 음악으로 깔리는 오페라를 들으며 몸과 마음이 햇빛에 구워진 조약돌처럼 되었다.

영화에는 파바로티가 요리 프로그램에 나와 파스타를 만드는 장면도 나왔다. 오페라계의 스타를 넘어 전 세계의 대스타였던, 그리고 이런저런 일들을 많이도 했던 파바로티답게 미국의 요리 프로그램에도 출연한 것이다. 미국인 진행자의 우려에도 불구, 거의 포클레인이 시멘트를 붓듯이 마늘과 고추를 투하하는 파바로티를 보고, 심지어 손가락으로 파스타를 집어 맛을 보는 파바로티를 보고, 영화를 보고 나와 파스타를 먹을 수밖에 없겠구나 싶었다. 물론, 파바로티가 부르는 노래를 틀어놓고 말이다.

다음 날 먹을 음식을 미리 정해놓는 나로서는 늘 '다음'에 먹을 음식들이 줄줄이 계획되어 있는데, 이렇게 영화를 보고 나면 계획이 엉켜버린다. 영화에서 음식을 만들거나 먹는 장면을 보면 꼭 그렇게 되고 만다. 감자튀김을 보면 감자튀김을, 피자를 보면 피자를, 크레이프 케이크를 보면 크레이프 케이크를 반드시 먹게 되는 것이다. 그래서 영화를 보고 나서 먹으려 했던 탕수육 대신 파스타를 했다. 마늘과 고추를 원래도 많이 넣는 편이지만 이번에는 평소의 1.5배를 넣었다. 이건 파바로티풍 파스타니까.

파바로티가 얼마나 나폴리탄을 좋아했으면 미국에 있는 병원에서 생사를 오갈 때 이탈리아에 있는 전 부인이 나폴리탄을 해 가서 먹였을 정도라고 하는데, 영화를 보고 나서 찜찜함이 남았다. '나폴리탄'이란 이탈리아 요리가 아니라 일본에서 만들어진 일본풍 파스타라고 알고 있기 때문이다. 토마토소스 대신 케첩을 넣고, 고기 함량이 높은 정통(?) 소시지가 아니라 대량생산되는 공장 소시지를 넣는 파스타다. 케첩이나 공장 소시지를 비하하는 건 아니다. 나는 케첩과 공장 소시지만의 미덕이 있다고 생각한다. 단지, 올리브 오일과 치즈로 유명한 미식의 도시 모데나 출신인 파바로티(심지어 아버지는 제빵사)에게 일본풍 파스타인 나폴리탄이 '최애'였을

리는 없다고 생각하는 것이다. '나폴리식 파스타'라고 번역해야 할 것을 '나폴리탄'으로 옮긴 게 아닌가 싶었다.

파바로티가 즐겨 먹던 나폴리식 파스타란, 아라비아타 비슷한 게 아니었을지 싶다. 고추를 많이 넣고 매콤하게 한 이탈리아 남부식 파스타 말이다. 이탈리아에 한 달 동안 지내다 알게 된 사실인데, 이탈리아 북부로 갈수록 페페론치노를 쓰지 않았다. 심지어 팔지도 않았다. 그래서 아시시에서 산 페페론치노의 품질에 감탄, 밀라노에서도 질 좋은 페페론치노를 사서 쟁이려고 했지만 구할 수 없었다. 아시시만 해도 이탈리아 중부라서 페페론치노를 취급했던 것 같다. 그리고 역시나 북부인 토리노에서 먹은 피에몬테식 요리에는 페페론치노의 매운 맛이 끼어들 틈이 없었다. 나는 아라비아타의 톡 쏘는 알싸한 매운 맛도 좋아하지만 토리노에서 일주일간 머무르며 먹었던 피에몬테 요리에 푹 빠져버렸다.

한 달 동안 이탈리아에서 지내며 어느 순간 자연스레 알게 되었다. 이탈리아에서 페페론치노는 나폴리나 시칠리아 같은 남부식으로 만든 요리에 쓴다는 것을. 그래서 파바로티가 좋아한 게 '나폴리식 파스타'라면 페페론치노를 잔뜩 친 파스타를 말하는 걸 거라고 생각했던 것이다.

영화 〈파바로티〉의 번역자는 파스타에 별로 관심이 없는 사람이라는 생각이 든다. 그러니 '나폴리 파스타'를 귀에 익은 단어인 '나폴리탄'으로 번역했을 것이다. 나폴리탄은 일본 영화에 나오는 '기믹'같은 것이라 이탈리안 식당에서 팔지 않는다. 파는 걸 본 적이 없다.

그래도 나폴리탄을 파는 식당이 한 군데 정도는 있을 것만 같고… 가보고 싶다. 그건 내 친구가 하던 식당에서 취급하던 '야무지게 비벼드리는 계란밥' 같은 귀여운 음식일 테고, 또 그 식당은 내 친구가 하던 식당만큼이나 요상한 곳이 아닐까 싶으므로.

야생 아스파라거스 스토킹?

헌책방을 어슬렁거리다가 『야생 아스파라거스 스토킹』이라는 책과 마주쳤다. 미국에 사는 한 남자가 야생에 돋아난 아스파라거스를 틈틈이 훔쳐보았다는, 뭐 그런 이야기다. 주인이 있는 인삼밭도 아닌데 왜 당당하지 못했느냐고 묻지는 않기로 한다. '야생 아스파라거스 스토킹'이 아니라 '야생 아스파라거스 관찰기'였다면 흥미를 끌지 못했을 테니까. 그래서 이번 주는 아스파라거스에 대해 쓰게 되었다는 뭐 그런 이야기.

얼마 전까지 우리 사이는 꽤 담담했다. 아스파라거스와 나 사이에 별다른 사건이 없었다는 말이다. 양식당에서 생선이

나 고기 요리에 곁들여 나온 걸 먹곤 했지만, 그저 먹을 뿐이었다. '아스파라거스는 역시 대단해!'라거나 '아스파라거스가 들어간다니 고를 수밖에 없군'이라고 생각한 적은 없었다. 이런 의문이 든 적은 있다. '어떤 사람들이 아스파라거스를 사는 걸까?'라는. 투명한 플라스틱 용기 안에 가지런히 무릎을 모으고 앉아 있는 그것을 물끄러미 보면서 말이다. 좋아하는 스타일의 여성이나 호감이 가는 중년 신사분께서 집어 드는 걸 보기도 했었다.

그러니 껍질을 까야 한다는 것도 몰랐다. 머위대나 고구마줄기처럼 말이다. 프루스트의 『잃어버린 시간을 찾아서』를 읽다 알았다. 어느 여름, 주인공인 마르셀은 매일같이 아스파라거스를 먹는다. 나중에 그 이유가 밝혀진다. 하녀장의 음모였던 것. 부엌 하녀가 아스파라거스 냄새에 천식 발작을 일으키는 것을 알게 된 그녀가 하루도 거르지 않고 아스파라거스 껍질을 까게 했고… 결국 하녀는 마르셀의 집을 떠난다. 하녀장, 악독한 여자다.

하녀장의 음모 덕에 마르셀은 행복했다. 그는 거의 아스파라거스를 사랑하는 사람이라 그렇다. 일단, 아스파라거스만 마지막까지 남겨두고 완상하는데… 그래서! 누군가에게는 말랑한 연둣빛일 뿐인 줄기에서 짙은 군청과 분홍, 보라와 하늘빛을 발견해낸다. 해 지기 전의 아롱거리는 하늘의 색깔 같다고도 한다. 이게 다가 아니다. 그는 아스파라거스를 먹고 난 후의 자신의 오줌 냄새에도 취한다. 아스파라거스를 먹고 자는 날이면 그것이 자신의 요강을 향수병으로 바꿔놓는다며 말이다. 자신의 모든 부산물마저 사랑하는 '자기애호가'인가도 싶지만…….

어딘가에 잠들어 있던 이야기가 깨어났다. 문학평론가 김현의 아스파라거스 시 이야기. 그가 김광남이던 시절, 경복고 교지에 시를 실었다고 한다. 김현이 1942년생이니 1960년 이전일 터다. 그 시에 아스파라거스가 등장했던 것. 이 이야기를 해준 사람의 의도는 그게 아닌 것 같지만, 나는 단박에 김현이라는 '사람'을 너무 잘 알 것 같다는 생각이 들었다. 아스파라거스를 먹어보기는커녕 어떻게 생긴지도 잘 모르면서 아스파라거스로 시를 쓰는 그 마음.

『잃어버린 시간을 찾아서』에 나오는 마르셀과 아스파라거스 이야기를 읽고서 생각했던 것이다. 불문학자이기도 한 김현이 고등학교 시절 마르셀의 아스파라거스 이야기를 읽고서 아스파라거스로 시를 썼는지도 모르겠다고. 상상해본다. 이십대 중반이 된 김현이 프랑스에 가서 드디어 아스파라거스와 처음으로 대면하는 장면을.

나에게 아스파라거스 알레르기 같은 것은 없었다. 고구마 줄기처럼 손으로 벗기지 않고 필러로 쓱쓱 밀어내서 그랬는지도 모르겠지만. 아스파라거스와 오줌 사이에 얽힌 화학적 문제가 있기는 있는 모양이었다. 대체 아스파라거스의 어떤 물질이 그런 향기(?)를 만들어내는지 궁금하다고, 아스파라거스를 먹을 때마다 생각하게 된다.

궁금하면 먹어보시기들 바랍니다.

송어에서는 정말로 수박 향이 나는가

언젠가 과일 이름을 제목으로 가진 소설을 쓰고 싶다고 생각한다. 야심이라면 야심이다. 이를테면 '워터멜론 슈가에서' 같은 제목이라야 할 것이다. 리처드 브라우티건이라는 미국 남자가 쓴, 실제로 팔리고 있는 소설이다. 이 소설을 잠시 소개하자면, 워터멜론 슈가Watermelon sugar에서 벌어지는 이야기다. 워터멜론은 수박인데, 그렇다면 워터멜론 슈가는 수박 설탕이란 말인가? 뭐, 수박 설탕에서 벌어지는 이야기라고? 수박 설탕이라는 괴상한 뜻을 지명으로 가진 동네가 있느냐고 물으시다면 곤란하다. 그냥 동네 이름이 워터멜론 슈가라고 하니 그런가 보다 하는 수밖에.

어쨌든, 이 소설을 막무가내로 요약하자면 이렇다. 수박 향이 농후한 송어가 되려면 제대로 된 워터멜론 슈가에서 자라야 한단다. 워터멜론 슈가의 강들에서 워터멜론 송어가 자라고 있는 것이다. 참고로, 이 리처드 브라우티건이라는 사람의 송어에 대한 애착은 유별나서 『워터멜론 슈가에서』를 쓰기 바로 전 해 『미국의 송어낚시』를 썼다.

수박을 먹으면서 워터멜론 슈가와 워터멜론 송어를 떠올렸다. 한국의 송어와 은어에 대해서도 생각했다. 그 물고기를 먹은 사람들은 짠 것처럼 '아, 수박 향이 난다'라고 했으니까. 이상한 일이다. 미국 사람들도 한국 사람들이 그러는 것처럼 송어에서 수박 향을 느낀다는 것이다. 중국 사람은 말할 것도 없고, 덴마크 사람과 부에노스아이레스 사람도 송어(혹은 은어)에서 수박 향을 느낄지도 모르겠다는 생각이 들었다. 수박과 송어에 관한 한 암묵적인 커넥션이 전 세계를 지배하는 데 성공한 건가? 전 세계인의 미뢰까지 지배할 수 있다니, 무시무시하면서도 심오한 커넥션인 것이다.

그렇다면 왜 수박을 먹으면서는 "어머, 은어 맛이야!"라거나 "송어 맛이 난다"라고 하지 않는지 궁금해졌다. 참고로, 요즘 내가 먹은 수박에서는 고수 맛이 난다. 고수를 넣었으니 당연하다. 고수를 좋아하시는 분이라면 꼭 이렇게 먹어보라고 강요하고 싶다. 아주 간단하다. 깍둑썰기한 수박을 접시에 늘어 놓고 소금을 솔솔 뿌린다. 그리고 고수를 적당하게 잘라서 뿌린다. 신기하게도 태국의 맛이 난다.

하지만, 포크가 아니라 양손으로 수박을 잡고 통으로 먹어야만 하는 날이 있다. 수박의 속살을 베어물고 싶은 날이랄까. 깍둑썰기한 수박을 포크로 먹어서는 충족되지 않는, 수박을 통째로 장악하고 싶다는 '수박욕'이 발동하는 날에 그렇게 되는 것 같다. 수박에 이를 박아 넣는 순간 때문일까. 아무리 생각해봐도 수박 말고는, 이렇게 원시적으로 입을 최대한 크게 벌려 과육을 빨아들여야 하는 과일은 없는 것이다. 멜론이 수박과 비슷하다고 말할 수는 있겠지만, 수박도 아닌 멜론을 원시적으로 먹는 건 어쩐지 이상하다.

여름이 지나가고 있다. 수박도 지나가고 있다. 초조하다. 수박을 애절하게 좋아하지는 않지만 더 이상 수박을 못 먹게 되는 시기가 온다는 것이 초조하다. 수박 철이 완전히 지나가면, 내가 '수박 시詩'라고 부르는 시를 보며 다음 해의 수박을 먹는 나를 상상할 수밖에.

남진우의 시 「달은 계속 둥글어지고」가 그 수박 시다. 수박을 먹으며, 또 함께 수박을 먹는 사람을 보며 쓰는 시다. 수박을 함께 먹는 사람이 수박을 깨물자 내 뺨이 물린 것 같다고, 그대의 이에 물린 것 같다고 시의 화자는 쓴다. 그다음에 이어지는 문장을 나는 좋아한다. "밤은 얼마나 무르익어야 향기를 뿜어내는 것일까"라는. 수박의 향기에 밤의 향기가 겹쳐지기 때문이다. 또 수박을 먹던 밤들이 몰려오기 때문이다.

이 수박 시를 읽다 보면, 수박을 먹는 일이 영원처럼 느껴진다. "입 속에서 수박의 살이 녹는 동안 달은 계속 둥글어지고"라는 문장 때문일까? 달은 계속 홀쭉해졌다, 또 둥글어졌다를 반복하며 저 하늘에 영원히 살고 있는 것이다.

수박의 속살과 달과 잎사귀와 밤과 바람과 속눈썹이 속살대고 있다. 입안에서. 뺨 위에서.

스타벅스에 간다는 것

허먼 멜빌의 소설 『모비 딕』에는 스타벅Starbuck이라는 남자가 나온다. 두 번 구운 비스킷 같은 근육을 가진 일등항해사. 주체하지 못하는 열정, 뽀빠이 같은 울퉁불퉁한 근육, 럼주로 양치질을 한다거나… 흔히 뱃사람 하면 따라오는 이런 이미지와 상극인 남자랄 수 있겠다. 거칠지 않은 데다 자제할 줄 아는 남자랄까? 신중하고 지적이고, 배운 느낌이 난다.

이 스타벅이라는 남자에 매혹된 한 남자가 있었으니, 이 남자는 동업자 둘과 함께 시애틀의 어시장에 커피 가게를 열고는 스타벅스Starbucks라는 이름을 붙인다. 1971년의 일이다. 스타벅스라는 이름을 지은 남자는 지성적인 일등항해사

'스타벅'에 매료되었던 걸까, 아님 『모비딕』을 좋아하지만 따올 만한 이름이 스타벅 말고는 없어서 그랬던 것일까 궁금하다. 이슈미얼이나 퀴퀘그, 에이해브로는 할 수가 없었을 테니까.

고래잡이들이 고래를 잡는 이야기에 흥미가 없었던(그래서 이 책을 읽지 않았던) 나는 별 대수롭지 않은 사실을 확인하기 위해 이 책을 폈다. 스타벅이 커피를 먹는 장면이 어떻게 묘사되는지, 그런 장면이 있기나 한지, 더 나아가 뱃사람들은 요동치는 뱃전에서 어떤 음식으로 기갈을 채우는지 등을 알고 싶었기 때문이다. 호기심은 나를 다그쳤고, 갈급해져 이 책을 읽었던 것인데….

확인해본 결과, 스타벅은 커피를 마시지 않는다. 병아리콩 커피를 마시는 게 고작이다. 소설에 나오는 누구도 진짜 커피를 마시지 않는다. 대신 생강차, 클램 차우더 수프, 고래 꼬리 스테이크 같은 것들을 먹는다. 내가 놓친 부분이 있는지 모르겠지만.

좀 맥이 빠지기도 했다.

그래도 달라진 게 있기는 하다. 『모비딕』을 읽은 후로는 스타벅스가 그냥 스타벅스로 보이지 않는다. 일등항해사 스타벅이, 복수의 스타벅이 모인 공간으로 보인다. 이런 이유로 스타벅스 창업자는 카페의 이름을 '스타벅'이 아닌 '스타벅스'로 지은 게 아닌가 싶다고 생각한다.

이곳에 모인 사람들, 그러니까 스타벅스를 스타벅스로 만드는 한 명의 스타벅들을 나는 본다. 빤히 볼 수 없다. 그건 도시인이 할 짓이 못 되니까. 노트북을 닫고 자리를 정리하면서 무심하고도 은밀하게 쳐다본다. 노트북을 보고 있는 사람들을. 노트북의 기종과 색깔, 크기, 노트북 주인의 머리 스타일과 옷차림을. 상상도 한다. 보이지 않는 것들을 보고 싶으니까. 저 크루넥 니트를 입고 있는 남자는 어떤 글을 쓸까? 소설? 그렇다면 어떤 소설?

그렇다. 나는 이 사람들, 내게 동류의식을 느끼게 하는 사람들 때문에 스타벅스에 간다. 나는 안다. 이들 역시 나처럼 뭔가를 하기 위해서 이곳에다 자기를 데려다 놓고, 타인이 자판 치는 소리를 들으면서 창작욕을 고취(?)하고, 타인이 어떤 글을 쓰는지 궁금해하고, 타인이 궁금하지만 나처럼 참고 참다가 이곳을 떠날 때 그러지 않은 척하며 볼 수밖에 없는 소심한 사람들이라는 것을. 그렇게 오늘도 홀로 고독한 항해를 하고 있다는 것을.

그래서 오늘도 나는 스타벅스에 간다. 나는 스타벅스를 작업실로 삼고 있는 많고 많은 자유문필업자들 중 한 사람이니까. 그러니까 '오늘도 나는 스타벅스에 간다'라고 말할 수 있을 때는 그럭저럭 잘 살고 있다는 거다. 작업이랄까 일이랄까 그런 걸 하고 있다는(혹은 하려고 하기라도 하고 있다는) 말이니까.

작업실이라는 걸 가져보기도 했지만 왜 작업실에서는 작업이 되지 않는 걸까. 아니, 왜 작업을 하지 않는 걸까. 스타벅스에서는 그래도 뭔가를 쓰게 된다. 왜냐하면 내 옆과 앞과 뒤에서 쓰는 사람들이 있으므로, 나도 어떤 리듬으로 자판을 두들기고 싶다는 충동이 들고 마는 것이다. 아침 겸 점심도 해결한다. 커피와 샌드위치로.

이탈리안 파니니를 좋아한다. 녹아내린 치즈가 살라미와 루콜라, 선드라이 토마토에 엉겨 붙어 만들어내는 식감이 좋다. 하지만 질릴까봐 다른 것과 번갈아 먹는다. 짧게는 세 시간, 길게는 네 시간 정도 이곳에 머문다. 자리에서 일어나는 그 순간을 위하여. 내일의 첫 커피를 위하여.

그곳의 작업자들에게, "피스 peace".

3부

찻집에 모인 술꾼들에게

활활 타는 화주와 터프한 북극의 잼

여름에나 할 수 있는 일들이 있다. 정수리까지 얼음을 채운 하이볼 잔에 뜨겁고 진하게 우린 망고차를 붓는 일 같은 것들. 불투명했던 얼음은 순식간에 옷을 벗어던지고, 단호하게 뛰어든다. 얼음은 겨울에 태어나고 여름에 죽는다. 제아무리 콧대 높은 얼음일지라도 여름에는 녹고 마는 것이다. 북극의 얼음일지라도.

이 단순한 진실을 나는 책을 읽다 알았다. 요른 릴의 『북극 허풍담』. 맹세컨대, 이 소설은 내가 올해 읽은 책 중에 가장 재밌다. 책장이 휙휙 넘어간다. 인물 하나하나가 생생하고, 위트가 있고, 풍자가 있고, 해학이 있고, 표현이 기막히다. 뻔

한 데가 없는 책이다. 요른 릴이라는 사람은 그린란드 탐사에 참가했다가 북극에 빠져서 눌러앉는다. 그리고 이 책을 썼다. 거칠고 무식한 북극 사냥꾼들이 등장하는 책이다. 거칠고 무식한 사내들에 대해서는 궁금하지 않다고? 나도 이 책을 읽기 전까지 그랬다. 거칠고 무식한 사내들을 거칠고 무식하게 쓰지 않는다면, 이야기는 달라지는 것이다.

어쨌든, 이 책을 읽으며 미치도록 겨울을 그리워했다. 『북극 허풍담』에 끊임없이 등장하는 두 가지 음식 때문에. 화주火酒와 월귤잼. 북극의 사냥꾼들은 얼었던 피를 해동(!)시키기 위해 화주를 들이켜고, 월귤잼은 무시로 먹는다.

화주란 모름지기 입술과 목구멍을 활활 태우라고 존재하는 것. 누군가가 중국의 둥베이 지방에서 가져온 화주를 꺼냈을 때, 내가 있는 곳은 기껏해야 영하 10도쯤이었다. 술을 할짝대면서 한숨을 쉬었다. 털모자를 쓰고 콧물을 흘리면서 마시는, 참다운 화주를 마시고 싶다고. 개썰매나 순록도 있어야 할 것 같고… 흘러내린 콧물은 얼어붙고… 손은 시림을 넘어 얼얼해야 한다. 그래야 화주의 맛이 위장을 타고 흐르는 순간을 제대로 감각할 수 있지 않을까 하는 생각이 들었다. 우리가 있는 동북아에서는, 추워봤자 영하 10도인 동북아에서는, 화주라고 마셔봤자 불타오르지 않는 것이다.

그리고 월귤잼. 월귤이라는 신비의 과일은 들어봤어도 월귤잼이 있다는 것은 처음 알았다. 이 거친 사내들은 잼도 터프하게 만든다. 월귤을 럼주와 설탕에 절이면 끝이다. 잼이라하면 뼈와 살이 엉겨 붙어 영육일체가 되는 지경이 아닐까 싶지만…… 그건 나 같은 평범한 사람의 상식일 뿐이다. 이들은 이 터프한 월귤잼을 강아지들에게도 퍼먹인다. 강아지들은 월귤잼을 더 달라고 꼬리가 잘릴 정도로 흔든다. 럼주에 취해 터프해진 것이다. 취한 사람과 취한 개가 함께 월귤잼을 퍼먹는 장면은 상상만 해도 가슴이 벅차오른다. 터프하게 아름답다. 나눠 먹을 개가 있다는 것은 나눠 먹을 사람이 있다는 것보다 더 좋은 일이 아닐까 싶고.

월귤잼은 오렌지 마멀레이드라든가 귤잼 같은 색일 거라고 생각했다. 작가도 당밀 빛이라고 했으니까. 틀렸다. 월귤잼은, 검은색에 가까운 와인 색이었다. 월귤의 색은 앵두에 가깝다고. 그쪽 말로는 링곤베리. 그러니까 과일이라기보다는 열매인 것이다. 월귤 덕에 하나 더 알게 됐다. 당밀 빛이란, 황금색이 아니라 꺼무죽죽한 색이었던 것이다.

고백한다. 음식 이야기를 빙자해 이 책이 얼마나 재미있는지 말하는 게 본심이다. 그래야 4권을 읽을 수 있기 때문이다. 나만을 위한 일이 아니다. 언제부턴가 생각하게 됐다. 좋은 음식과 맛있는 이야기는 나눌수록 좋다고. 이 책의 뒷날개에는 이런 말이 있다. "4권 이후의 출간은 독자의 요청에 달려 있습니다. 출간 압박용 이메일: sajangnim@openbooks.co.kr" 소리 나는 대로 읽으면 사장님이다.

사장님께 묻습니다. 4권은 언제 나옵니까?

덧) 사장님께 메일을 보낸 사람은 없는 걸까? 2021년 현재 『북극허풍담』은 여전히 3권까지밖에 출간되지 않았답니다.

아시시의 살라미

공항으로 입국할 때마다 마약탐지견에게 끌려갔다는 사람을 알고 있다. 한때 머리도 길고 수염도 길고 코도 뚫었던 - 보나마나 옷도 기묘하게 입었을 - Q는 꽤나 수상한 분위기를 풍겼던지 늘 공항 경찰의 표적이 되었고, 그래서 경찰은 마약탐지견의 코를 그에게 들이밀었던 것이다. Q는 적발된 적이 없었다. 마약을 소지한 적이 없으니.

억울하다는 식으로 말하는 게 아니라 '내가 그때 그랬었지'라는 아련한 말투로 말하는 Q를 보면서 내가 경찰이라도 그에게 마약탐지견을 들이밀었을 거라고 생각했다. 왜냐하면, 딱 봐도 반체제적이다. 질서나 규율과도 지독하게 어울리지 않는 인간인 것이다. 빨간 불일 때 멈추고 초록 불일 때 길을 건너는 게 신기하게 여겨지는 부류의 사람이랄까? 아나키스트라면 아나키스트라고도 할 것인데 이런 인간은 '반체제 운동'을 위해 할애할 에너지가 없다. 사람들을 만나고 세를 규합하는 일에 별다른 의미를 느끼지 못하는 것도 같다. 자기랑 노는 게 세상에서 가장 재미있는 인간 유형이라고 하겠다. 음악을 듣고, 책을 보고(상당 부분은 만화책이다), 좋아하는 것들에 대해 탐구하다 보면 하루가 금방 간다고.

나는 Q로부터 공항과 마약탐지견 이야기를 듣고 나서 공항에 갈 일이 있을 때마다 경찰이나 마약탐지견에 끌려가는 상상을 했다. 나도 꽤나 불온한 사람이지만 겉모습을 봐서는 느껴지지 않는지 경찰로부터 주목을 받아본 적이 없다. 앞으로도 그럴 일이 없을 것 같지만 그래도 내가 혹시 끌려간다면 어떤 죄목으로 끌려가게 될 것인지를… 상상하는 것이다.

가장 확률이 높은 것은 과다 소비를 하고, 세금을 신고하지 않은 채로 입국장에 들어오는 것일 텐데… 이 케이스는 그다지 흥미가 일지 않는다. 경찰을 상대하는 게 아니라 관세 직원을 상대하는 것이기도 하고. 좀 소프트하달까.

어느 날 뉴스를 보다가 내가 끌려갈 만한 가능성이 있는 케이스를 드디어 발굴했다. 아프리카 돼지열병으로 한참 시끄러울 때였다. 여전히 왜 돼지열병에 '아프리카'라는 단어가 붙었는지에 대해 누군가에게 똑똑히 설명할 자신은 없지만 어쩌다 보니 뉴스를 많이도 보게 되었던 것이다. 그러다가 그 항목에 대해 들었다. 국내 입국 시 햄이나 소시지 같은 돼지고기 가공육 제품은 반입 금지이고, 적발될 경우 최대 1000만 원의 과태료를 부과한다는 뉴스를.

늘 '반입'해왔다. 외국에 갈 때마다 내가 최선을 다해 가져오려고 애썼던 것이 바로 이 돼지고기 가공육이다. 흔히 '소시송'이라고 부르는, 말려서 만든 드라이한 소시지. 육포보다는 촉촉한 질감에, 결과 결 사이에 하얀 지방이 점점이 박혀 있고, 소금과 후추, 펜넬 씨드 등으로 절여 콤콤 구수한 풍미로 가득한. 게다가 짠맛이 덜하고, 썰어서 바로 먹을 수 있으며, 와인 안주로도 좋고, 그냥 먹어도 좋고, 청포도와 기가 막히게 어울린다. 소시송 말고 살라미도 좋다. 소시송보다는 좀 더 촉촉하고 얇게 썰린 돼지고기 가공품이 살라미다.

이 가공육을 반입할 때 나름의 원칙도 있다. 밀봉이 되지 않은 제품은 아무리 아쉬워도 가져오지 않는다는. 백화점이나 슈퍼에서 파는 비닐에 진공포장된 것이 아닌 동네의 샤퀴테리에서 파는, 종이에 둘둘 말아주는 살라미는 가방 안에 넣지 않았다. 내가 할 수 있는 최선의 일을 하려고 했다. 절대

포장을 뜯지 않았고, 살균했다는 마크가 있는 포장이 탄탄한 것만을 구입했다.

그래도 걱정이 되긴 했다. '밀봉된 가공육'은 반입해도 된다고 알고 있었지만, 내가 혹시 잘못 알고 있는 게 아닌가 하는 노파심을 지울 수 없었기 때문에. 또 검역 기준이라는 게 바뀔 수도 있는 것이기 때문에.

이탈리아 아시시에서 기가 막힌 소시송 집을 간 적이 있다. '카초 에 페페cacio e pepe'라는 가게다. 치즈와 후추 정도만 뿌려서 먹는 파스타의 이름 정도로 알고 있었는데, 알고 보니 '소금과 후추'라는 뜻이었다. 그 가게를 갔다가 카초 에 페페가 '소금과 후추만 뿌린 간단한 파스타'라는 것을 알게 되었다. 그 가게에는 온갖 종류의 소금과 후추는 물론, 이탈리아 고추인 페페론치노와 꿀이 가득했고, 직접 만든 잼과 페이스트가 벽을 뒤덮고 있었다. 천장에는 아주 아주 거대한 돼지고기 덩어리들이 매달려 있었다. 돼지고기에는 빨간색과 초록색의 작은 알들이 박혀 있어서(아마도 향신료인 듯) 크리스마스 시즌의 거대한 장식처럼 보였다. 또 돼지고기 장식에는 지금까지 본 리본 중 가장 이쁜 리본이 매여 있었다. 돼지고기에 이렇게 이쁜 리본을 달아주다니… 진주목걸이보다 더 이쁜 리본이었다. 나는 한숨을 쉬며 '역시 이탈리아!'

라고 생각했다.

돼지고기 덩어리에 넋을 잃고 있던 내게 그곳의 남자는 맛을 보겠냐고 물었다. 생각할 새도 없이 "씨, 씨 Si, Si"라고 말했다. 살라미를 입에 넣는 순간, 이곳 아시시에서 살고 싶어졌다. 이렇게 훌륭한 식료품점이 있다면 6개월은 너끈할 것 같았다. 성 프란체스코 성당이 있는 종교적인 동네인 아시시가 이렇게 세속의 기쁨을 위해 봉사하고 있다는 게 아이러니하게 느껴졌다.

얇게 썬 살라미 한 점을 입에 머금은 채 잠시나마 인생의 향락을 맛보았다. 그건 '향락'이라고밖에는 표현할 수 없는 맛이었다. 나는 아시시에 머물기로 한 날을 헤아려 살라미를 샀다. 아시시에 있는 동안, 아침이면 살라미와 요거트와 에스프레소로 아침을 먹을 생각으로 벌떡 일어났다. 살라미욕이 차오를 때면, 아시시에서의 향락을 복기한다. 혀 위에 펼쳐지던, 그 짜릿한 오후를 말이다.

겨울에 냉면을 먹는다는 것

애석하다. 내게는 일찍이 음주의 법도라든가 풍류에 대해 알려주는 어른이 없었다. 이를테면, 평양냉면을 앞에 두고 소주를 먼저 마시는 쾌미 같은 것에 대하여. 면과 국물과 꾸미들을 안주 삼아 소주를 먹는 것이라든가 겨울에 이런 식으로 평양냉면에 먹는 소주가 '진짜'라는 것이라든가. 그래서 박복한 나는 하는 수 없었다. 글로 터득할 수밖에.

술을 먼저 하고 면을 나중에 먹는 것, 선주후면이라 한다. 先酒後麵. 빈속에 마시는 첫 술은 짜릿한 데가 있다. 겨울 공기처럼 '쩡'하다. 아무도 발자국을 내지 않은 눈밭에 첫 발자국을 찍는 기분이랄까? 더럽히더라도 웬만하면 이쁘게 더

럽히자는 게 눈밭을 처음 걷는 사람의 다짐일진대… 다짐은 언제나 연약하다는 게 탈이다. 눈길은 더러워지게 마련이고, 세상에는 곱게 취하는 법 같은 건 없다. 나만 그렇게 생각하는지?

선주후면을 글로 배운 사람으로서, 그 글을 소개하지 않을 수 없다. 「평양 잡기첩」이라는 글인데, 냉면에 대한 이런저런 이야기들이 있다. 필자는 이리 말한다. 밥보다 먼저 냉면의 맛을 먼저 알았는데, 이건 평안도에서는 매우 흔한 일이며, 자기네 시골에는 선주후면이라는 말이 있다고. 그러고는 냉면을 어느 계절에 먹어야 하는지 정색하고 논한다. 평안도에서 냉면이란 사시사철을 가리지 않는 음식이라는 말을 먼저 하기도 하지만, 필자가 하려는 말은 따로 있다. "평양냉면은 모름지기 겨울에 먹는 것"이라는 주장이다.

김남천이라는 소설가가 1938년 조선일보에 실은 글이다. 이 사람은 카프KAPF 작가로 알려졌는데, 그가 쓴 30년대 후반의 연애소설은 상당히 현대적인 데가 있다. 나는 이분이 쓰신 산문들도 좋아하는데, 풍류를 이해하시는 분이기 때문에 그렇다(그리고 미남자가 써서 더 좋다는 걸 숨기면 비겁한 일이 될 것이다). 풍류를 아는 남자가 적지는 않겠지만, 풍류를 아는 남자의 글은 그리 많지 않다. 내가 과문한 탓이겠지만,

그래서 이런 글을 보면 신이 나는 것이다.

냉면은 겨울에 먹어야 제맛이라는, 이분의 논거는 이러하다. 요약하자면, 느낌론과 위생론과 풍속론이라고 할 수 있겠는데… '겨울냉면이 왠지 맛있다', '여름에는 아무래도 신선도가 염려된다', '우리 동네에서는 겨울에 냉면 대신 온면을 먹으면 사람 취급 못 받는다'쯤으로 정리할 수 있다. 역시, 평안도의 기개랄까. 또 한 가지 깨달음도 얻게 되었다. 우리가 여름에 냉면을 마음껏 즐길 수 있는 것은 냉장고라는 발명품 덕이라는!

'겨울냉면'을 주창하시던 평안도 미남자 김남천 님께서는 더 나아가 이렇게 선언하신다. 꿩을 올린 냉면을 먹지 않은 사람은 냉면에 대해 말참견을 할 자격이 없다고. 얍! 그러니까 나 같은 사람은 이런 글을 쓰고 있으면 안 되는 것이다.

이에 대한 근거는 '경험론'과 '인과론'이라 할 수 있겠는데… 먼저 경험론. 흔히들 우육과 돈육을 꾸미로 먹는데, 물오리고기, 닭고기, 노루고기, 호랑이고기, 산돼지고기를 먹어본 결과 꿩이 최고라는 것. 그건 아마도 꿩이 겨울에 나는 동물이라서 그런 게 아닐까라는 것. 겨울에 나는 동물? 무슨 말인지 잘 모르겠다. 꿩이 겨울에만 태어나지는 않을 것인데, 겨울에만 태어난다고 하더라도 그게 맛과 무슨 관계인지는?

이렇게 썼었는데, 이 책의 편집자 님께서 흥미로운 이야기를 알려주셨다. 예로부터 꿩사냥을 겨울철에 했는데, 그 이유는 세상이 하얀 눈으로 뒤덮였을 때 고동색의 꿩이 눈에 잘 보이기 때문이라는. 그래서 꿩을 '겨울에 나는 동물'이라고 한 것 같다고. 아하! 이제야 미스터리가 풀렸습니다.

그렇다고 해도 꿩 냉면은 그리 흔히 먹을 수 있던 게 아니었던 듯하다. 꿩고기를 올린 냉면을 먹지 못한 겨울은 불행한 겨울이라고 말씀하시는 걸 보니. 그러니 이제 와서 꿩 냉면을 먹는다는 것은 상상 속에서 할 수밖에 없으리라고 체념하는 것이다.
설원의 꿩 사냥꾼을 상상한다. 응사鷹師라고 부르는. 매를 부려 꿩을 사냥하는 사람에 대하여. 그는 눈으로 세상이 뒤덮인 날, 닦아 놨던 총을 들고 눈밭으로 나왔던 것이다. 눈 위에 찍힌 꿩 발자국을 보며 그는 걷고 있다. 그의 어깨 위에는 매가 앉아 있고. 그리고… 후두둑 소리.
'리북오도신문'이 있는 식당에서 평양냉면을 먹어야겠다. 놀 줄 아는 사람과 쉬엄쉬엄 놀면서. 눈과 꿩 이야기를 하면서.

부엉이 맥주에서 고양이 맥주로

2012년 한국에서는 부엉이 맥주가 '핫'했다. 2012년이라고, 연도를 기억하고 있는 것은 그때 누군가에게 부엉이 맥주 한 박스를 선물한 적이 있기 때문이다. 일본의 소규모 양조장에서 만든 '히타치노'라는 브랜드로 부엉이가 라벨에 있어서 부엉이 맥주로 불렸다.

당시 맥줏집에서든 집에서든 부엉이 맥주를 색깔별로 마시곤 했는데 더 이상 마시지 않는다. 맥주를 원래 좋아하는 편도 아닌 데다가 요즘엔 카스에 정착했기 때문이다(그마저도 자주 마시지 않지만). 부엉이 맥주 전후로 좋아했던 맥주로는 모레띠, 페로니, 블랑, 파울라너, 바이엔슈테판, 하얼빈, 기린, 싱하, 타이거, 라드베거, 산 미구엘 등이 있는데 그전에 좋아했던 아사히와 하이네켄을 먹다가 카스로 회귀해버렸다.

이상한 일이다. 카스를 좋아했던 적은 없었으니까. 내가 기억하기에 카스는 아마 내가 처음으로 먹은 술이었다. 카스를 먹을 때는 맛을 생각하고 먹지 않았다. 쉽게 살 수 있으니 그냥 먹었다. 한동안 카스를 마시지 않았다. 그래서 카스를 거의 먹지 않는 사람이던 나는 어느 날 깨달았다. 다른 나라의 맥주는 내가 원하는 술안주와 어울리지 않는다는 것을.

나는 맥주 자체보다는 안주를 먹기 위해 맥주를 마신다. 그런데 그 안주는 쥐포나 곱창김일 때도 있고, 장아찌나 전일 때도 있는데 블랑이나 바이엔슈테판 같은 맥주와는 어울리지 않았다.

허브 향이 가미된 맥주는 맥주만을 마실 때라야 온전한 맛을 느낄 수 있다. 그런 적은 거의 없기 때문에… 옥토버페스터 스타일의 넓은 야외에서라면 맥주만을 마셔도 충분하겠지만 요즘의 나는 맥주를 거의 실내, 그것도 집에서 마셔서 더 그렇다.

다시 부엉이 맥주로 돌아와서, 이렇게 시간이 지난 지금 내가 부엉이 맥주를 떠올리는 것은 우리집에 지금 부엉이 한 마리가 있기 때문이다. 진짜 부엉이는 아니고 부엉이를 닮은 고양이다. 주인의 사정으로 열흘간 우리집에 와 있다. 갓 한 살이 넘은 이 고양이는 정말이지 부엉이처럼 생겼다. 두툼한 풍채도 풍채고, 색도 부엉이스럽지만, 일단 눈이 동그래서 부엉이처럼 보인다.

컴퍼스로 그린 것처럼 완전한 원형이다. 노란색 동그라미 안에 스카이블루색 동그라미가 있고 가운데에는 세운 아몬드처럼 생긴 검은색 눈이 박혀 있다. 완전한 원형의 동공은 지나치게 확장되어 있다. 만화에서 '눈이 튀어나올 것처럼 놀랐다'는 감정을 표현할 때 그리는 바로 그 눈이다. 이 부엉이를 닮은 고양이는 하품을 하거나 졸릴 때를 제외하면 계속 이 지나치게 확장된 눈을 유지하고 있다.

부엉이를 닮은 이 고양이가 제 몸을 핥느라 할짝거리는 소리를 듣다가 나는 "어둠 속에서 나 홀로 부엉이 소리만 듣다가 왔지"라는 방백이 나오는, 제목이 기억나지 않는 노래를 떠올렸다. 내가 지금 이 글을 쓰고 있는 동안 부엉이를 닮은 고양이는 계속 할짝거리며 제 몸을 핥고 있는 것이고.

그런데… 부엉이를 닮은 고양이와 부엉이가 얼마나 닮았는지 알아보기 위해 조류 도감을 폈다가 깜짝 놀랐다. 이 고양이가 닮은 것은 부엉이가 아니었다. 올빼미였다. 나는 부엉이와 올빼미의 생김새를 구분하지 못했던 것이다. 부엉이의 얼굴은 네모난 형태여서 자음 'ㅂ'과 닮았고, 올빼미의 얼굴은 동글동글한 형태여서 모음 'ㅇ'과 닮았다고 도감은 적고 있었다. 외국에서는 부엉이와 올빼미를 구분하지 않고 모두 'owl'이라고 부른다고.

부엉이 맥주의 라벨도 부엉이보다는 올빼미와 더 닮은 게 아닌가 싶고 모든 게 혼란스럽다. 이 고양이가 우리집을 떠나면 나는 아주 오랜만에 부엉이 맥주가 먹고 싶을지도 모르겠다고, 내 앞에 앉은 부엉이를 닮은 줄 알았던 고양이를 보면서 생각하는 것이다. 그리고 부엉이 맥주를 올빼미 맥주나 고양이 맥주라고 부를지도 모르겠고.

덧) 요즘은 주로 에일을 마신다. 자주 마시는 건 백록담과 광화문, 남산. 맥주 캔에 백록담이 '하얀 사슴 연못'이라는 뜻이라고 적혀 있는 걸 보고 백록담 맥주를 좋아하게 되었다.

감자칩의 세계

연말에 특별한 감자칩을 선물로 받았다. 네 가지 맛이 네 가지씩 들어 있는 무려 '감자칩 패키지'. 영국에 살 때 먹었던 감자칩 맛을 그리워하던 H가 직구를 해서 받은 감자칩을 나눠주었다. 나 역시 훠궈를 먹자고 중국 직구를 해본 사람으로서 얼마나 그리웠으면 감자칩을 직구했을까 싶었다.

'솔트 앤드 비네거' 맛을 제일 먼저 먹었다. 식초를 넣은 감자칩은 어떤 맛일지 궁금해 견딜 수 없었으니까. 아찔하게 시었다. 신맛을 좋아하는 나로서도 몸을 움츠릴 정도였는데, 이렇게 또 쓰고 있자니 이 소금과 식초 맛 감자칩이 몹시도 당긴다.

다음에 먹은 것은 '레디 솔티드ready salted'였다. 레디 솔티드? 레디 솔티드라는 단어가 궁금했다. 그런데 맛을 보는 것만으로는 알 수 없었다. 그저 많이 짰다. '소금을 왕창 뿌렸다는 뜻인가?' '아니면 소금에 절여졌다는 뜻인가?'를 궁금해하며 사전을 찾았다. 윅셔너리에 따르면, '다른 양념은 하지 않고 소금만 친'이라는 뜻이란다. 구글 이미지 검색을 하니 영국 감자칩 사진만 잔뜩 나오는 걸로 보아 영국 감자칩 전용으로 쓰는 단어인 것 같다. 감자칩 맛을 표현하기 위해 영국 전용으로 쓰는 단어가 있다니… 역시 감자칩의 종주국답다. 레디 솔티드라는 단어 하나로 영국에서의 감자칩이라는 존재의 위상을 알 수 있었달까.

하긴, 영국에 가서 가장 맛있게 먹은 건 패스트푸드점의 프렌치프라이라는 말을 들은 적이 있다. 맥도널드인지 버거킹인지에서 프렌치프라이를 먹고서 프렌치프라이를 '서브'가 아닌 '메인'으로 인정하게 되었다고 했었나? 그러고는 이런 말을 덧붙였다. 영국의 대표 음식은 피시 앤 칩스가 아니라 감자튀김 같은 감자 요리라고. 지겹도록 감자튀김을 만들다 수준 있는 감자칩을 만들게 된 게 아닌가 싶다. 그래서 급기야는 대표 요리가 된 건지도.

비네거 맛 감자칩을 경험하고, 레디 솔티드라는 단어를 인지하자 전 세계의 감자칩이 궁금해졌다. 내친 김에 할라페뇨와 딜을 조합한 감자칩과 타임과 로즈마리를 넣은 감자칩을 발견하고는 쇼핑 리스트에 넣어두었다.

알고 싶었다. 소금과 양파와 치즈 같은, 감자칩의 고전적이고 기본적인 시즈닝 말고 어떤 조합이 있을지 말이다. 이를테면, 타코의 나라 멕시코에는 각양각색의 타코를 특화한 감자칩이 있을지, 소금에 절인 대구 요리인 바칼라우가 발달한 포르투갈에는 바칼라우 감자칩이 있을지, 훈제 청어를 먹는 아이슬란드에는 훈제 청어 감자칩이 있을지 말이다.

그리고 내게 신제품 감자칩을 개발하라는 특명이 주어지는 상황을 상상해보았다(그럴 리야 없겠지만). 신제품 라면이나 과자가 나올 때마다 종종 이런 망상에 젖곤 한다. 나라면 어떤 제품을 개발했을까라는. 라면이나 과자를 그다지 좋아하지 않으면서 이런 생각을 해보는 것이다.

감자칩 연구원이 된 나는 흰 가운을 입고 손에는 파란색 라텍스 장갑을 끼고 있다. 무화과나 건자두를 넣은 감자칩을 구상 중이다. 무화과와 건자두를 각각 얼마나 넣어야 감자 맛과 조화를 이루면서 무화과나 건자두의 맛을 느낄 수 있는지 실험을 해야 한다. 다음으로 구상하고 있는 것은 앤초비 감자칩과 살라미 감자칩이다. 감자칩 연구원이 된 나는 본인이 구상한 이 네 가지 감자칩들이 실패할 수 없는 조합이라고 생각한다. '단짠'의 법칙을 충실히 따르는 재료들이니까. 하지만 대중들의 기호에 얼마나 맞을지, 수지타산이 맞을지도 걱정해야 한다. 너무 실험적인 조합은 시장으로부터 외면받을 수 있으니까.

다시 현실로 돌아와서. 감자칩의 종주국인 영국에서는 어떻게 감자칩에 식초를 넣을 생각을 했을까? 한치를 튀겨 레몬을 뿌려 먹는 요리인 칼라마리를 만든 이탈리아인들이라면 이해가 가지만 영국인들이 이런 기지를 발휘했다는 게 잘 믿기지 않는다. 인도에 닿으려다 실수로 미대륙을 발견한 콜럼버스 같은 경우인가 싶기도(너무했다!).

덧) (식초가 들어가지 않는다고 생각되는 음식에도) 식초를 약간 넣으면 상당히 놀라운 맛이 난다는 걸 발견한 뒤로 약간씩 넣고 있습니다.

꿀과 술과 시

"온 세상의 햇살이 와락 달려드는 것 같아." 이런 말을 하는 사람의 말을 듣고 나는 웃음을 터뜨렸다. 우리는 그저 꿀을 먹고 있었기 때문이다. 요거트 위에 뿌려진 발톱 두 개 만큼의 꿀을. 그 꿀을 먹으며 별다른 느낌을 갖지 못했던 나는, 뭐라도 말을 해야겠기에 꿀이 묻어 있는 숟가락을 쪽쪽 빨았다.

그렇게 말한 사람은 Q였는데, 내가 알기에 그가 그토록이나 극렬하게 반응하는 것은 위스키가 유일했다. 위스키 중에서도 아일레이 위스키. 토탄이 어쩌구, 이탄이 저쩌구 하며 말을 하는 걸 흘려들은 기억이 있다. 위스키에는 관심이 가지 않았는데 꿀은 달랐다. 아무래도 햇살 운운해서였겠지.

'온 세상의 햇살'이라는 표현이 어쩌면 과장이 아닐 수도 있겠다는 데까지 생각이 이르렀다. 꿀벌들이 꽃과 꽃 사이를 붕붕 날아다니며 모으는 것은 이 세상의 생명이고, 그 생명들을 병에 담은 것이 벌꿀이니 말이다.

꿀 사건이 있던 날, 나는 무려 벌꿀술이 있다는 것을 알게 되었다. 노르웨이가 배경인 드라마를 보다가였다. 매끈한 중년의 남자가 집에 설치된 탭을 열어 벌꿀술을 따르며 말했던 것이다. 고대의 술을 마셔보라고. 바이킹과 거인, 신과 영웅이 마시던 술이라고. 금빛 탭에서 콸콸 쏟아져 나오는 호박색 액체는 위스키와도 맥주와도 달라 보였다.

'미드mead'라고 한다. 인류 최초의 술이라고 하는 글도 보았고, 인류 최초의 술 중에 하나라는 글도 보았는데, 나는 그보다 벌꿀술이 '시인의 술'이라는 데 마음이 끌렸다. 북유럽 신화에서는 이 벌꿀술을 마시면 시의 재능이 꽃핀다고 믿었다고. 혹은 지혜로워진다고… 과연?

술을 마시면 시의 재능이 꽃필수도 있을지 모르겠지만 누군가를 지혜롭게 만들 수 있을지는 의문이 든다. 벌꿀술을 마신 드라마의 주인공은 지혜로워지기는커녕 누설하지 말아야 할 자신의 비밀을 말하고, 나만 해도 술을 과하게 마시고 하지 말아야 할 행동과 말을 하는 장면을 본 게 몇 번인지도 모르겠기 때문에…

벌꿀술이 있는 세계에서의 벌꿀술의 위상은 좀 다른 것 같다. 북유럽 신화의 주신主神인 오딘이 술의 신酒神을 겸하고 있는 것만 봐도 그렇다. 그리스 로마 신화에서 제우스가 디오니소스를 겸하는 격이랄까.

바이킹의 세계다. 낮에는 거의 실전에 가까운 강도 높은 훈련을 하고, 밤에는 산해진미에 벌꿀술을 마시는 게 바이킹들의 로망이었다. 현실에서는 이루기 힘든 로망. 왜냐하면 벌꿀술은 우리가 지금 맥주를 마시는 것처럼 일상적으로 먹을 수 있는 게 아니었기 때문에. 죽어야 실현할 수 있는 로망이었다고나 할까? 그냥 죽어서도 안 됐다. 전장에서 죽어야 했고, 명예롭게 죽어야 했다. 그래야 발퀴리가 그들을 발할라로 데려갔다. 그러니까 발퀴리는 저승사자인 셈이다. 바그너의 오페라 〈반지〉에 나오는 발퀴레도 이 발퀴리에서 딴 것인데 내가 알던 저승사자 이미지와 너무 달라서 미처 저승사자라고 생각하지 못했다. 그저 은빛 갑옷을 입은 멋지고 잔인한 언니들이라고 여겼을 뿐.

그렇게 발퀴리에게 선택(?)되어 발할라에 가야만 벌꿀술을 마음껏 먹을 수 있었던 것이다. 낮에는 싸움질, 밤에는 술판, 그리고 다음 날도 똑같이 낮에는 싸움질, 밤에는 술판. 이게 무한반복되는 게 발할라의 세계라고 한다. 바이킹이란 이런 걸 꿈꾸는 사람들인 것이고. 바이킹이 얼마나 거친 몸과 마음을 가진 사람들인지 알 것 같기도 하면서 또 한편으로는 알쏭달쏭하다. 그렇게나 분주하고, 싸우고 먹고 마시는 세계에 시의 자리가 있을 만한 틈이 있었는지 말이다.

피 튀기는 훈련을 하면서 귀하디귀한 벌꿀술을 갈망했을 바이킹들을 생각하면 애잔하면서 한편으로는 감미롭기도 한 것이다. 머릿속으로는 몇 번 먹어보지도 못한 벌꿀술의 맛을 상상하고, 몸으로는 벌꿀술을 짜내기라도 할 것처럼 근육을 혹사하며 자신의 땀에 취했을 그 바이킹들…

그 바이킹들이 남긴 시를 읽으며 벌꿀술을 마시다 취하고 싶은 밤이다. 그럼 나도 인생 최초로 멋진 시 한 편을 건질 수 있지 않을까?

정겨운 맛이 나는 막걸리

아침의 크루아상집에서 또 그렇게 크루아상을 뜯고 있다가('크루아상의 시간' 참조) 그 남자를 보았다. 어제도 본 남자였다. 군인보다도 짧은 스포츠형 머리에 바스락거리는 재질의 추리닝(남자가 입은 건 트레이닝복이 아니다, 추리닝이다.)을 입고 크로스백을 맨 채로 아침을 먹고 있다.

편의점 앞 파라솔에 앉아서 말이다. 남자는 어제도 그 시간에 거기 있었다. 심지어 아침으로 먹는 것도 똑같다. 제주 막걸리다. 담배를 곁들여 분홍색 라벨이 붙은 제주 막걸리 한 병을 먹고 있다.

'해장술일까? 아님 나의 크루아상 같은 걸까?'라고 생각하며 남자를 보고 있다. 진한 흑맥주를 마시며 '검은 빵을 마시고 있다!'라고 내가 생각했던 것처럼, 남자는 막걸리를 마시며 '흰 떡을 마시고 있다'라고 생각하는 걸까? 증편이나 백설기를 좋아하는 남자일까? 표정이 매우 굳어 있는 것으로 보아서 막걸리를 음식으로 음미하는 것 같지는 않은데… 그래도 소주를 아침으로 먹는 것보다는 막걸리가 낫지 않나 싶기도 하고.

막걸리에 대한 애정이 각별한 사람으로서, 또 한때 막걸리를 끼니로 먹은 사람으로서 남자의 막걸리 조찬에서 눈을 뗄 수가 없었다. 나의 경우에, 막걸리는 석식이었다. 여름의 석식. 4시쯤 되면 막걸리를 저녁으로 먹을 생각에 설레곤 했었다. 데친 두부 반 모와 껍질째 삶아 꼬투리를 호로록 훑어 먹는 풋콩과 닭발 중에서 무엇을 안주로 먹을지 고르면서 말이다.

그때쯤이었을 것이다. 막걸리에 빠졌던 게. 나는 일주일에 두 번쯤 막걸리집에 갔다. 그 집에서 기본 안주로 주는 묵은지도 좋았고, 호래기(꼴뚜기) 숙회와 모두부 안주가 좋기도 했지만 무엇보다 다양한 막걸리 때문에 그 집에 갔다.

처음에는 고택 찹쌀 청주라는 술 때문이었다. 그 술을 집 앞에 있는 식당에서 먹어보고 좋아하게 되었는데 사장님이 어느 날부터 취급하지 않았다. 고택 찹쌀 청주를 파는 술집을 검색하다가 막걸리집에 이르게 되었던 것이다. 방문하기 전에 전화를 걸어 그 술을 팔고 있느냐고 문의까지 하고 갔다.

어쨌거나 막걸리집은 여러 모로 내 마음에 쏙 드는 곳이었다. 인공감미료를 넣은 막걸리가 아니라 쌀을 다양한 방식으로 섞어 만든 막걸리들이 있었다. 그리고 그 막걸리에 대한 이야기들을 전해주는 메뉴판이 좋았다. 막걸리를 마시는 와중에도 '나주 영산포의 안국현 홍어 명인이 삭힌 백령도산 홍어'라거나 '홍현리 바다 옥성호 조평옥 선장이 제공한 자연산 호래기'라 적힌 메뉴판을 보면서 다음 안주로 무엇을 시킬지 고민했다. 다수의 후보 중에서 번민하고 있으면 어느 샌가 사장님이 다가와 계셨다. '무엇을 도와드릴까요?'라는 말을 얼굴에 담으신 채로. 청량한 말투와 풍부한 어휘를 가진 사장님과 말하다 보면 어떤 안주를 주문할지, 어떤 술을 주문할지 바로 결론이 났다.

'언젠가는 막걸리를 빚고 말겠어!'라며 막걸리 빚는 법을 배울 곳을 알아놓기까지 했었는데 시들해져버렸다. 문인화를 배우려고 했을 때도, 그릇을 빚으러 가려고 했을 때도 그랬다. 의욕을 앞세우며 일정과 비용 등등을 알아보다가 '역시, 귀찮다'고 주저앉게 되는 것이다. 그러다 간혹 꺼진 줄 알았던 불씨가 살아나기도 하는데… 다시 막걸리를 빚고 싶어졌다.

두 종의 막걸리를 선물받았기 때문이다. 유자 막걸리와 밭벼 막걸리. 제주도에서 지낼 때 자주 가던 카페의 사장님이 무려 여섯 병이나 주셨다. 직접 빚은 막걸리라며 '밭벼 아시죠?'라고 하셨다. 밭벼를 알 리 없는 나는 고개를 절레절레.

밭벼란 제주도에서 나는 벼라고 했다. 제주도에는 논이 없어서 육지 같은 벼농사를 지을 수 없다고. 현무암 지대라서 땅의 물빠짐이 좋아 농작물이 유난히 맛있다고 들었는데 그렇기 때문에 논농사는 지을 수 없는 것이었다.

밭벼 막걸리를 아껴 마시며 사장님의 말을 떠올렸다. '밭벼 아시죠?'라고 하신 뒤 사장님은 이렇게 덧붙이셨던 것이다. "그래서 좀 정겨운 맛이에요." 정겨운 맛이 나는 막걸리를 홀짝거리며 상상하는 것이다. 정겨운 맛이라고 할 만한 음식들에는 어떤 것들이 있는지.

나의 길티 플레저

'길티 플레저'라는 말을 온전히 이해하기까지 오래 걸렸다. '죄스러운 기쁨'이라고? 알 듯 모를 듯했다. 그래서 "내 길티 플레저는 말이야…"라고 누군가 말할 때면 듣고만 있었다. 내가 아는 길티 플레저 중 가장 귀여운 것은 소금과 피넛버터였다. 다들 길티 플레저가 있으신지요?

한때는 그게 대창이라고 생각했다. 갈비찜을 할 때는 일일이 걷어내는 소기름 덩어리를 길티 플레저라 여겼다. 비싼 돈을 주고 사먹는 게 아이러니하다고 생각하면서. 소기름 덩어리의 정체를 알았기 때문에 빨갛게 양념해 숯불에 구운 소기름 덩어리를 먹고 나서는 마음이 무거웠다. 내가 할 수 있는 최선의 실천이라고는 조금만 시키거나, 아주 가끔 먹는 것이었다. 그럼에도 불구하고 진정한 길티 플레저라는 생각은 들지 않았다. 대창을 먹는 동안은 어떤 고통도 없었으니까. 입 안에 가득 고이는 동물의 기름과 양념과 숯불의 맛을 느낄 뿐이었다. 후회는 행복한 대창 섭식 시간 후에 찾아왔던 것이고…

그렇다, 그건 고통이라기보다는 후회였다. 고통으로부터 기쁨까지 얻어야 진정한 길티 플레저라고 생각했던 것이다. 나는 이런 걸 논할 때는 세상에서 제일 엄밀한 사람이니까. 그러다 진정한 길티 플레저가 무엇인지 깨닫게 되었다.

닭발이었다. 매운 닭발. 내가 빠진 매운 닭발은 국물이라곤 전혀 없는, 오븐에 구워내 마무리한 닭발이었다. 그 닭발을 먹기 위해서 나는 남동생을 꼬셔서 새벽에 집을 나서곤 했다. 어떻게 시작되었는지 모르겠는데, 새벽에 그 닭발집에 갔던 경험이 강렬해서 그렇게 해야만 온전히 닭발을 즐길 수 있을 것만 같았다.

닭발집은 내가 좋아하지 않는 동네에 있었다. 나이트클럽 전단지가 바닥을 뒤덮고 있고, 10미터쯤 걸으면 호객꾼 스무 명을 만날 수 있다고 하면 이해가 되실는지? 나처럼 힘껏 일상의 평화와 고요를 지키고 있는 사람으로서는 방문하고 싶지 않은 동네인데, 오로지 닭발을 먹기 위해 암행하곤 했다. 그들을 뚫고 방문한 닭발집에는 이미 나이트에 다녀온 사람들과 나이트클럽을 가기 전의 취한 사람들로 가득해서, 맨 정신의 남동생과 나는 꽤나 이질적으로 보였다.

뼈 없는 닭발과 뼈 있는 닭발(일명 '통닭발') 중에 고르는 시스템인데, 전혀 고민해본 적이 없다. 우리는 무조건 통닭발이기 때문에. 뼈째 뜯어야 닭발이라고 주장하고 싶다. 소갈비살도 맛있긴 하지만 갈빗대에 붙어 있는 갈비를, 그 근막의 맛을 직접 뜯으며 즐기는 맛과는 비교할 수 없음을 떠올려보라고 말씀드리고 싶다. 뼈와 살을 연결해주는 근막의 맛이란 정말이지…

갈비도 물론이고, 닭발도 그러하다. 닭발은 갈비와 달리 촘촘한 뼈로 구성되어 있으므로 관절 투성이, 연골 투성이다. 입술과 혀 근육을 적극적으로 사용하며, 뼈마디 하나하나를 발골하면서 살아 있다고 느끼곤 했다.

심지어 이 닭발은 꽤나 맵기 때문에 중간중간 멈추고, 물이나 쿨피스를 마셔가면서 먹어야 한다. 이 닭발집에서 닭발을 시키는 사람들은 쿨피스를 시키곤 하는데, 내가 좋아하는 방식은 아니다. 매운 닭발은 매운 닭발 그 자체로 즐겨야 한다고 생각한다. 쿨피스의 인공 복숭아(나 파인애플) 맛을 섞

이게 하고 싶지 않다. 그래서 나는 최대한 참는다. 참다 참다 못 참겠을 때, 물이나 맥주를 마신다.

먹다 보면 반응이 온다. 혀로 오기도 하고, 뇌로 오기도 하고, 입술로 오기도 한다. 짜릿한 고통이다. 기이한 고통. 맵고 힘든데, 그게 뭐라고 이겨낼 수 있을 것만 같고, '자, 해보자!' 라면서 스스로를 독려하고, 결국은 이겨내서 기쁨을 얻어낼 때의 스스로가 자랑스럽다.

나는 통닭발을 뜯으면서 가학과 피학의 세계에 대해 이해할 수 있었다. 통닭발을 뜯는 일은 가학적이면서 피학적인, '괴롭히는 사람도 나이고 괴롭힘당하는 사람도 나'인 복합적이고도 실존적인 경험이랄까.

그렇게 해서 얻어내는 기쁨은 단순하지 않다. 몸도 변화한다. 일단 정수리에 땀방울이 송글송글 매달리고… 도파민일까? 이름은 모르겠지만 어떤 물질이 분비되는 걸 실시간으로 느낀다. 뉴런에서 척수까지, 척수에서 뉴런까지 그 물질이 내 몸을 타고 이동하고 다니면서 나를 기쁘게 해준다. 죄를 지으면서 얻은 기쁨이라 더 은밀하고 더 소중한 기쁨이다.

만둣국은 왜 따뜻한가

아는 아저씨가 만둣집에서 일어나는 사랑 이야기를 언젠가 소설로 써달라고 말했다. 앞에도 쓴 경양식집을 하는 아저씨다. 무슨 쌍화점이에요?라고 반문했다. 이 실없는 아저씨는 식당이 쉬는 날이나 틈이 날 때 장안의 만둣집과 면집(?)을 섭렵하시는 분이다. 그러니까 누군가가 먹을 음식을 만들거나, 누군가가 만든 음식을 먹는 것으로 하루를 보내는 것이다.

얼마 전에 이 아저씨가 추천한 함흥냉면집에 갔다. 냉면을 먹으러 간 게 아니었다. 만둣국을 먹으러 갔다. 냉면을 좋아하지 않아서가 아니라 냉면을 지나치게 좋아하기 때문에 만둣국을 먹었다. 나는 비빔냉면(함흥냉면)보다는 물냉면(평양냉면)파라서, 비빔냉면 전문점에서 물냉면을 먹고 싶지 않았기 때문이다. 또 그날은 만둣국을 먹기에 아주 그럴싸한 날이기도 했다. 마침 찬바람이 얇은 외투를 막 헤집어 '어, 가을인가?'라는 생각이 들었던 것이다.

첫인상이 좋았다. 내가 좋아하는 식당의 면모를 갖추고 있는 집이었다. 손님이 나가기가 무섭게 테이블이 치워지고, 소음이 나지 않도록 주의하고, 물걸레질과 마른걸레질을 반복하는 손이 있고, 따라서 막 치워진 테이블은 물기 하나 없이 반들반들하다. 그리고 깐깐한 인상의 주인이 계산대 뒤에서 있다. 어떤 안정되고, 청결하고, 오래 지속되어온 범절 있는 공기 같은 게 느껴졌다. 이런 집은 맛이 없기가 힘들다고 생각한다.

나는 만둣국을 시키며 물었다. 혹시 냉면을 시키지 않고도 사리를 주문할 수 있느냐고. 고객의 마땅한 권리라고 생각하지 않았기 때문에, 머뭇거리다 물었다. 종업원은 주인에게 물어보겠다고 했다. 잠시 후, 종업원이 다가와 난처한 얼굴로 웃었다. 그렇게는 안 된다고 했다. 나는 그녀보다 더 난처해하며 웃었다. 그녀에게 난처한 얼굴로 웃음 짓게 한 게 미안했기 때문에.

만둣국이 나왔다. 몽실몽실한 세 개의 만두. 김이 모락모락 나는 만두는 삽살개의 털만큼이나 눈부시다. 그렇다고 생각했다. 심지어 내가 좋아하는 스타일의 만두였다. 애호박과 부추와 두부가 많이 들어간, 물기를 꽉 짜지 않은, 그래서 밀도가 높지 않은 만두. 만두의 귀퉁이를 숟가락으로 떼어내어 입안에 넣었다.

몰캉몰캉하다. 이 만족감. 구름에 올라탄 기분이 들었다. 따뜻한 구름. 따뜻한 구름 같은 게 있을 수 있나? 구름은 비나 눈이 되기 위해서 하늘에 고여 있는 것뿐인데. 어쨌든 기분이 그랬다는 말이다.

충만감에 휩싸여 있는 내게 주인으로 보이는 남자가 다가왔다. 주문을 타진했으나 거절당했던 문제의 면사리를 들고서. 주문은 안 되지만, 서비스라고 했다. 맛있게 드셔달라고 했다. 담담한 말투로.

그 면사리라는 것은 그냥 함흥냉면이었다. 함흥냉면의 면사리는 비빔 양념이 얹혀 있어서 함흥냉면과 다를 게 거의 없어 보였다. 애초에 면사리를 주문했던 것은 만둣국에 냉면을 말아 먹으려 했던 것이었지만(그러니까 어복쟁반을 먹을 때 냉면 사리를 추가하는 것처럼), 함흥냉면을 먹고 싶다는 생각을 하고 있지는 않았지만, 나는… 함흥냉면을 좋아하게 되었다. 결정적 순간이랄까.

잠시 멍해졌다. 누군가의 마음을 얻는 법에 대해 그 순간 깨달았던 것이다. 내가 지는 것, 손해 보는 것, 미안하게 만드는 것, 그래서 내가 생각나게 만드는 것… 내가 잘 하지 못하는 하고 많은 일들 중 하나였다. 나는 지지 않아서, 손해 보지 않아서 잃었던 마음들에 대해 생각했다. 그리고 기꺼이 내게 져준, 그래서 아직까지 내 마음에 들어 있는 사람들에 대해 생각했다.

마음의 셈법은 수학의 셈법과는 좀 달라서(산수라고 해야겠군요), 줄어들면서 늘어나는 게 있는 것이다. 이런 셈법이 있는 줄 알았더라면, 나는 수학에 흥미라는 걸 가질 수 있었을까?

알 수 없다. 이것만은 알 수 있다. 누군가와 소주를 마시고 싶을 때는 이 집이 먼저 생각날 거라는. 접시 만두와 빈대떡을 시켜놓고서 말이다. 함흥냉면도 안주로 시킬 것이다.

같이 소주를 마시고 싶은 사람들을 생각하면서 거리로 나섰다. 찬바람은 만두로 만들어진 내의를 입은 사람에게는 역부족이었다.

덧) 이 아저씨는 영화배우로 데뷔하셨다. 이재용 감독의 영화 〈죽여주는 여자〉를 보는데 아저씨가 중국 관광객으로 등장. 엑스트라라기에는 너무 강력한 존재감… 이었다.

겨울밤의 무알코올 맥주

매일 저녁, 아니 점심에도 맥주를 한 캔씩 마시고 있다. 무알코올 맥주의 세계에 빠졌기 때문이다. 겨울밤 실내에 고여 있는 텁텁함을 씻어내는 데에는 이만한 약이 없다고 생각하면서 말이다.

무알코올 맥주에 대해서 처음 경험한 것은 베를린에서였다. 술을 주문할 때 보면 다수의 맥주파와 소수의 와인파가 있었는데, 소수의 와인파보다 더 지분을 차지했던 게 무알코올 맥주파였다. 독일 말로는 '알코올프라이 비르'. 술을 못 마시는 사람들이 알코올프라이 맥주를 시킨 게 아니라 '해야 할 일이 있는 사람들'이 무알코올 프라이 맥주를 시켰다. 나도 무알코올파를 따라 몇 번 시키곤 했는데 별 기억이 없다. 곧 라들러에 정착했기 때문이다.

라들러는 자전거를 타는 사람들을 위해 만들어진 맥주라고 했다. 라들러radler도 자전거라는 뜻. 라거에 레몬즙을 탄 도수가 낮은 맥주라며 한번 먹어보라는 말에 마셨다가, 줄창 라들러만 시키게 되었다. 자전거는 탈 줄도 모르면서 말이다.

정말이지, 베를린 사람들이 아침에 자전거를 타는 장면은 장관이라고 할 수밖에 없다. 달리는 버스(나는 그 안에 있었다) 앞에서 두 발을 가열차게 움직여 달리고 있는 자전거 군단을 볼 때마다 입을 벌릴 수밖에 없었다. '저게 사람의 체력인가?'라고 생각했다. 마력馬力에도 뒤지지 않을 거 같은, 아스팔트도 물엿으로 만들어버릴 것 같은 파워였다. 저런 스테미너라면 세상에서 못할 게 없을 것만 같았다.

라들러만 마시던 내가 몇 년이 흘러 무알코올 맥주에 제대로 빠졌다. 우연히 생겨 마셔 보았는데 왜 이제야 마셨을까 싶었다. 디카페인 커피 같은 게 아닐까 생각했었는데, 그런 불신의 대상이 되기에는 너무도 정밀했던 것이다. 뭐 스위스 시계도 아니고, 그저 무알코올 맥주에 '정밀하다'라는 표현이 어울릴지 모르겠지만… 홉의 냄새나 맛, 목구멍을 샥 할

퀴는 느낌 등등이 맥주 그 자체였다.

무알코올 맥주라고 해서 무시할 게 못 되는 게 그래도 약간의 취기는 돈다는 점이다. 처음에는 망상이나 기대가 아닐까 싶었는데, 알코올 함유량이 0.5퍼센트였다. 맥주는 보통 5~6퍼센트고, 라들러가 2~3퍼센트라는 거에 비하면 우습다고도 할 수 있겠지만 0.5퍼센트는 0퍼센트와는 엄연히 다르다.

사실, 내가 무알코올 맥주를 마시게 된 이유는… 금주를 명령 받았기 때문이었다. 한시적이긴 했지만 금지의 시간은 더디게만 흘렀고, 참고 참다가, 더 이상 이렇게는 안 되겠다 싶어서 무알코올 맥주를 마셨던 것이다.

좋은 것은 널리 알려야 하는 법이라고 생각하는 내가 무알코올 맥주를 전도하다가 재미있는 이야기를 들었다. 독일에 있는 미군들은 점심시간에 맥주를 마신다는 이야기였다. 순간, 느낌이 왔다. 독일의 미군 부대에서 점심시간에 맥주를 마시는 것은 군기가 해이해서도, 그곳이 맥주의 천국이어서도 아니고, 그 맥주가 무알코올 맥주이기 때문이라는 것을 말이다.

"무알코올 맥주일 거야"라고 말한 뒤 나는 이렇게 덧붙였다. "독일이 어떤 나란데…" 독일에 익숙해진 그들의 체력은 너무도 투쟁적이라 점심부터 알코올에 담가질 수가 없는 것이다…

그러고는 아이슬란드 사람들에 대해 생각했다. 1989년인가? 그때에 이르러서야 아이슬란드에서는 맥주를 마시게 되었는데(이전에는 맥주를 마시는 게 불법이었다) 아이슬란드 사람들은 맥주를 엄청나게 마시고 엄청나게 취한다고. 맥주를 마시고 취하는 게 가능할까 싶지만, 아이슬란드에서는 가능하다고 한다. 맥주 값이 엄청나게 비싸므로 아이슬란드인들은 취하지 않는 걸 견딜 수 없어 한다나? 허무한 유머인지 아니면 얼마나 진실에 가까운 말인지는 알 수 없다.

어쨌거나 그런 아이슬란드에서 '무알코올 맥주'라는 장르는 발붙이기 쉽지 않을 것 같다는 생각이 들었다. 그런데 또 모르겠다. '어디 한 번 무알코올 맥주를 취할 때까지 마셔보자!'라며 기개를 펼치는 아이슬란드인이 없으리라는 법은 또 없으니까.

무알코올 맥주의 가장 큰 장점은 이렇게 글을 쓰면서도 마실 수 있다는 것이다.

맹물 야채국, 그리고

중국 작가들의 단편을 모아놓은 『만사형통』이라는 책에는 이런 이야기가 있다.

거부가 된 남자가 아내를 떠나 어린 여자와 살림을 차린다. 거부의 새 가정에서는 모든 것이 신식이고 화려하다. 먹는 것조차도. 거부가 새로 만난 여자는 모든 것을 돈으로 살 수 있다고 생각한다. 그녀가 남자의 아내를 찾아온다(남자의 아내가 그녀를 찾아오는 게 아니다). 그리고 남자가 잊지 못하는 그 음식에 대해 묻는다. 굉장한 여자다.

아내도 대단하다. 일단 그 문제의 음식을 여자에게 맛보인다. 여자는 탄성을 지른다. 이게 다가 아니다. 이 여자는 그 음식의 비결을 묻는다. 아내는 일단 가볍게 한숨을 쉰다. 그리고 말한다. 온갖 진귀한 것들을 넣고 하루 종일 끓여야 한다고. 그리고 되묻는다. 그를 위해 그렇게 할 수 있겠느냐고. 어린 여자는 말한다. 할 수는 있지만 그럴 필요는 느끼지 못한다고. 나는 당신이 아니라고. 이런 뜻일 것이다. 굳이 내가 왜? 당신은 그런 걸 해줘도 그를 잃었지만 나는 그런 걸 안 해줘도 이렇게나 사랑받는데?

이 음식의 이름은 '맹물 야채국'(이 단편소설의 제목이기도 하다). 남편은 그렇게 불렀다. 소설이 끝날 때까지 이 요리의 정체는 밝혀지지 않는다. 나는 그 국물 요리가 무엇일까 궁금했다. "산뜻하면서도 깊이가 있고 짙은가 하면 담백하였으며 싱거우면서도 시원한 맛"이라니. 대체 어떤 요리일까?

불도장이 아닐까 싶었다. 佛跳牆. 냄새만으로도 스님을 담을 넘게 해 파계로 이끈다는 그 음식. 나는 이 요리를 먹어본 기억이 없는데, 여전히 먹고 싶지 않다. 아직은. 좋은 날을 위해 남겨두고 싶은 음식이다. 어디서 먹을지도 정해두었다. 이런 사소하고 자발적인 금욕이 기쁨을 준다고 믿는다. 위대하고 타발적인 금욕 따위가 있는지 모르겠지만.

그 음식은 정말 뭘까.

맹물 야채국을 떠올린 것은 한 잔의 차 때문이다.

몇 달 전, 놀라운 차 한 잔을 얻어 마셨다. 그 차로 인해 알았던 것이다. 식도란 성능 좋은 미끄럼틀임을. 순식간이었다. 입술에서 출발한 차의 훈기가 식도와 배를 통과하고 사지를 지나 다시 입술로 도달하기까지. 깨끗하면서도 깊이가 있고 짙은가 하면 탁하지 않고 쓰면서도 구수한 맛이었다. 찻잔을 다시 들여다보았다. 옅은 갈색. 무취.

차를 내온 사람에게 물었다.

"보이차예요?"

그 사람은 피식 웃었다. 그리고 말했다.

"결명자차."

내 귀를 의심했다. 결명자차에서 이런 맛이 날 수 있다니.

일단 색이 달랐다. 내가 아는 결명자차란 붉은 기가 섞인 혼탁한 갈색에 가까웠다. 그리고…… 썼다. 도무지 익숙해지지 않는 맛이라고 생각했다. 씀바귀나 민들레 나물만큼 고약하지는 않았지만. 때문에 납득할 수 없었다. 어떻게 쓴맛이 단맛, 짠맛, 신맛, 매운맛과 동등하게 오미五味의 일원일 수 있는지.

그 사람은 내게 얼마 남지 않은 결명자 알갱이를 덜어줬다. 야릇한 느낌이었다. 보이차라거나 호지차였다면, 좀 다른 기분이었을 것이다.

난생처음(수사가 아니라 정말로) 결명자차를 끓였다. 내가 끓인 결명자차에서는 그 맛이 나지 않았다. 쓰지도 않았다. 그뿐이었다. 뭐가 문제일 걸까, 라고 쓰지만 알 것 같기도 하다.

그 주전자에는 뭐가 들었던 것일까.

덧) 불도장을 먹고 싶었던 역삼동에 있는 그 중국식당은 몇 년 전에 폐업했다. 중국집이라기보다는 청요릿집에 가까운 느낌을 주는 곳이었는데, 한 번도 가보지 못했다.

4부

겨울이 지겨운 어른아이라면

복어 말고 복

복을 먹자고 했다.
단, 밤 12시 무렵까지 기다려야 한다고 했다(어떤 이유에서였는지는 뒤에서 밝혀진다). 우리가 만난 시간은 오후 5시. 그날이 마지막이었던 어떤 전시를 보러 과천 현대미술관에 갔다 우연히 만났다.

나는 복을 먹기 위해 거의 일곱 시간을 기다렸다. 그리고 밤 11시 45분 무렵부터 복을 먹기 시작했다. 12시 넘어서도 먹게 되었으니 1박 2일 동안 복을 먹은 것이다.

그게 다가 아니었다. 그날은 12월 31일이어서, 우리는 1박 2일이면서 동시에 두 해에 걸쳐 복을 먹은 셈이었다. 우리는 복집 주인이 틀어놓은 텔레비전에서 나오는 보신각 종소리를 들으면서 복을 먹었다. 식당에 들어갈 때는 12월 31일이었는데 식당에서 나올 때는 1월 1일이 되어 있었다.

모두 Y의 아이디어였다. 한 해의 마지막 날 이렇게 만난 것도 인연인데, 이틀에 걸쳐, 또 두 해에 걸쳐 복을 먹는 게 어떻겠냐는 제안이었다. 새해의 시작점에 복을 먹으면서 복을 빌어보자며. 내게 이런 제안은 '거절할 수 없는 제안'이어서 단박에 '좋아요'라고 했다.

Y는 상상이 넘치는 작업을 하는 현대미술가로 내가 패널로 갔던 미술관의 아티스트 토크에서 만났다. 객석에 있던 사람들 중 범상치 않은 플라스틱 목걸이를 한 여자에게 눈이 갔는데, 그가 손을 번쩍 들고 내게 질문했다. Y였다.

Y를 만난 게 그날이 세 번짼가 그랬지만, 그리고 딱히 끈끈한 유대가 있는 것도 아니었지만, 나는 Y 무리에 합류했다. 그날 보았던 전시가 비디오 아트에 관한 것이었는데, 이렇게 Y를 만나니 마치 그가 만드는 비디오 아트에 참여하는 기분이 들기도 해서 그랬다. 낯선 사람들과 자정에 복을 먹으며, 서로의 복을 기원하며 새해를 맞는 일을 내가 또 언제 해볼까 싶었고.

복, 그러니까 복어다. "복어 먹자"라고 하기보다 "복 먹자"

라고들 한다. 민어, 청어, 병어, 잉어, 장어 등등의 다른 '어'자 돌림 생선들은 그런 식으로 안 부른다. "민 먹자"라고 하거나 "청 먹자"라거나 하는 사람을 본 적이 없다.

기묘하다. 복어의 '복'을 福으로 부르려는 걸까. 그러면서 기대하는 걸까. 복을 먹으면 복을 받는다고.

애석하게도 복어의 '복'은 그 복이 아니다. 그렇다고 해도 "이 복이 그 복은 아니랍니다"라고 말하지는 말자. 같이 밥 먹고 싶지 않은 사람이 되고 싶은 게 아니라면. 같이 먹은 음식이 맛이 없었다고 말하는 것 – 그것이 진실이라도 – 과 비슷한 효과를 줄 것이다.

전복全鰒의 그 복이라고 한다. 이 복은 떡조개 복이라는 뜻인데…. 아무래도 이상하다. 복어의 어디가 조개 같다는 걸까? 하돈河豚이라고도 불렸다. 강의 돼지. 배가 볼록하니 돼지라는 걸까? 돼지도 귀엽고, 복어도 귀엽지만 이건 좀 억지 같다. 강의 조개나 강의 돼지나 둘 다 와닿지 않는다.

복사꽃 얘기는 그렇지 않았다. 누군가가 말해줬다. 복사꽃이 채 지기 전에 복을 먹는 거라고. 그러니까 요즘이다. 음력 삼월에서 사월. 복사꽃은 벚꽃과 배꽃의 사이에 핀다고 어디선가 읽었다.

복은 원래 봄에만 먹는 음식이었다고 한다. 그것도 복사꽃이 피었다가 지는 동안만. 복사꽃이 진 뒤에는 독이 강해진다고 피했다. 궁금하다. 지금 같은 독 처리 기술이 없었던 것인지 아니면, 복사꽃이 필 동안만 독성이 없어지거나(그럴 리가) 약해지거나 하는지. 그것도 아니면 '복사꽃이 없을 때 복 먹으면 죽는대!' 같은 복어괴담인 건지. 아니면 '복(사꽃)과 복(어)'이라며 두운을 맞추고 싶었던 건지도.

남산의 풍광 좋은 정자에서 복을 먹는 사람들이라면 가능성이 있다. 복사꽃을 보며 복을 먹었던 사람들이다. 야외에서 먹었으니, 바람이 불면 복사꽃잎이 무릎에 내려앉기도 하였을 것이다. 아무에게나 허락된 도락은 아니었다. 글깨나 읽은 사대부 남자들이 그랬다.

아는 남자 중에 자신이 조선시대에 태어났다면 장원급제는 맡아놓은 것처럼 말하는 사람이 있다. 이미 이언적이나 김굉필이 된 듯한 기세랄까. 나는 좀 코웃음이 난다. '글로는 내가 최고'라는 자부심은 그렇다 치고 양반으로 태어나지 못하면 어쩔 거냐고 차마 묻지 못했다.

나 역시 그 시대 사람이었다면, 그런데 '선택된 남자'로 태어나지 못했다면 복이란 음식의 맛은 몰랐을 것이다. 알더라도 음미할 자격을 갖지 못했을 것이다. 음풍농월, 바람을 노래하고 달을 희롱하는 것은 아무나 하는 게 아니었다.

20세기에 태어난 덕에 복어에 대해 쓸 수 있었다.

덧) 12월 31일에 보았던 전시는 과천 현대미술관이 퐁피두센터와 공동 주최한 '비디오 빈티지: 1963-1983'이었다. 그해 보았던 재미있는 무엇들 중에서도 단연 제일 재미있었노라 말할 수 있겠습니다.

달걀 프라이 혹은 달걀지단

어른이 되면 사각형 프라이팬을 갖게 될 줄 알았다. 무쇠로 된 검정 프라이팬. 달걀(주로 달걀말이)만을 위한 프라이팬이다. 그것을 길들이고 길들이리라 다짐했다. 어릴 때 나는 일식 요리책을 보고 또 보았는데, 요리법보다는 도구들에 끌렸던 것 같다. 조림을 할 때 덮는 나무 뚜껑(오토시부타라고 합니다)이라든가 나무로 된 초밥용 밥솥이라든가 오뎅 냄비를 올리는 도자기로 된 화로 같은 것들. 이 책의 저자들은 달걀 전용 프라이팬을 갖는 게 일식 초보 요리사의 '도리'라는 식으로 말했던 것이었다. 이구동성으로 말이다.

2014년 9월, 내게는 달걀 전용 프라이팬 같은 건 없었다.

앞으로도 가지게 될 것 같지 않다. 몇 가지를 깨달았기 때문이다. 첫째, 나는 매일같이 밥을 해 먹는 사람이 아니다. 둘째, 나는 프라이팬을 길들일 수 있을 만한 사람이 아니다. 셋째, 달걀말이는 남이(특히 전문가가) 해준 게 맛있다. 무엇보다도, 달걀을 그리 자주 먹지 않는다.

집에서 달걀을 먹을 때는 주로 날달걀의 형태로 먹는다. 바로 한 밥이 있을 때다. 쌀을 불리지 않고 약간 되게 한 밥. 그 위에 낫토라든가 연어회, 참치회 같은 거를 깔고, 달걀노른자를 얹고, 간장을 뿌려, 젓가락으로 비벼 먹는다. 밥 위에 달걀노른자와 간장만 올려서 비벼 먹기도 한다. 다른 형태의 달걀이 먹고 싶을 때는 밖에서 해결한다. 곱게 부친 달걀지단이 먹고 싶을 때는 잔치국수나 떡국을 사 먹고, 달걀 프라이가 먹고 싶을 때는 돌솥비빔밥을 사 먹는 식이다.

처음 가는 식당일 경우에는, 조심스럽게 물어보기도 한다. "저, 돌솥비빔밥에 달걀 프라이 얹어 주시나요?"라고. 반응은 한결같다. 당연한 걸 묻느냐는 식이다. 이런 걸 묻게 된 것은, 돌솥비빔밥에 달걀 프라이를 올려주지 않은 한 아주머니를 알기 때문이다.

이 아주머니는 내가 다니던 대학의 후문 쪽에 있던 한 식당의 주인이었는데, 고집이랄지 철학이 뚜렷한 분이었다. 그 식당의 음식은 맛이 있지도 없지도 않았는데, 아주머니가 조미료를 남용하지 않아서이기도 했지만 그녀에게 '손맛'이라고 할 만한 게 없던 것도 한 이유였다. 그럼에도 불구하고 내가 이 식당을 갔던 이유는, 아주머니에게 있다.

누구에게도 친절하지 않은 무뚝뚝함과 계산속이라고는 없는 우직함이 인상적이었던 것이다. 이 아주머니는, 다른 식당 주인들처럼 '어서오세요'같은 인사를 하지 않겠다는 뚝심도 있었다. 남들이 하는 대로 하지 않겠다는 뚝심은 음식에도 나타나곤 했다.

이를테면, 돌솥비빔밥에는 달걀 프라이 대신 달걀지단을 얹는다. 누군가가 조심스레 묻는 걸 들은 적이 있다. "저, 이거 지단 대신 프라이 해주시면 안 될까요?" 그는 달걀 프라이 값으로 1000원 더 드리겠다는 말도, 공손히 덧붙였다. 아주머니는 단호했다. 절대 안 된다고 했다. 나는 떡국에는 달걀지단이, 육회비빔밥에는 날달걀이, 또, 돌솥비빔밥에는 달걀 프라이라고 생각해왔다. 그런데, 아주머니의 이 고집을 보면서 내가 생각해온 음식에 어울리는 달걀의 형태가 모든 사람의 합의를 얻은 게 아닐 수도 있겠다는 생각을 하게 되었다.

그다음부터 그 집에 가면 돌솥비빔밥을 먹고는 했다. 아주머니의 뚝심을 존중하며 달걀지단이 올려진 돌솥비빔밥을 먹었다는 말이다. 달걀지단이 달걀 프라이로 바뀌는 날을 기다린 건지도 모르겠다. 결국, 보지 못했다.

보지 못한 것은 그것만이 아니다. 아주머니가 웃는 것도 본 적이 없다. 나는 이 고집쟁이 아주머니를 종종 생각하는데, 어쩐 일인지 그럴 때마다 웃음이 난다.

달밤의 체조와 간짜장

내가 최초로 누군가를 따라해본 것은 '간짜장 시키기'였다. 짜장이 아닌 간짜장을 시키는 것. 중국집에서 주문을 할 때, 가족들이 짜장면과 짬뽕과 볶음밥 중에서 고를 때 짜장면이 아닌 간짜장을 선택하는 거다. '나는 간짜장'이라고 말하면서 묘한 우월감과 자부심을 느끼곤 했다. 창피하지만 부인할 수 없다.

내가 모방한 그 누군가는 소설에 나오는 인물이었다. 그 소설은 청소년 소설 시리즈 가운데 한 권으로, 그 시리즈에는 『핑크빛 발레슈즈』라든가 『마리 앙투아네트』(무려 스테판 쯔바이크 著라고 쓰여 있다)가 있었다. 그는 주인공은 아니었다. 비중 있는 조역쯤? 소설의 제목도, 간짜장을 시킨 사람의 이름도 기억나지 않는다. 초등학생 남자애들이 등장해 펼치는 방과후의 모험담 같은 이야기였다. 누군가의 집에 모여서 다음에 할 일들(대수로울 리 없다)을 모의하고, 실천하기도 하고, 일이 어그러지기도 하는 내용이었다.

이름도 기억나지 않는 이 인물의 행동방식이 나는 마음에 들었다. 어딘가 다른 아이들과 달랐다. 주로 짓궂게 그려지는 남자아이들과 달리 섬세한 '내면' 같은 게 있는 인물이랄까? 달밤에 체조를 하면서 달밤에 체조하는 일에 의미를 부여하는 남자아이였다. 지금에 와서 생각해보면 작위적이라고도 할 수 있는데, 그때의 나는 '나는 지금 달밤에 나가서 체조를 하고 있어!'라는 생각을 하며 체조를 하는 남자아이를 좋아하지 않을 수 없었다.

내가 호감을 갖는 남자 취향은 이때쯤 정해졌던 것 같다. 다른 사람들과 다른 생각을 하고 다른 행동을 하는 사람. 다르게 말하고, 다르게 웃고, 다르게 느끼는 사람. 다른 노래를 듣고, 다르게 옷을 입고, 다른 책을 읽는 사람. 그리고 다르게 먹는 사람.

이 이름도 모르는 남자아이는 간짜장을 시켰다. 모두가 짜장면을 시키는 데 꿋꿋이 간짜장을 시켰던 것이다. 놀라운 발견이었다. 세상에 간짜장이라는 음식이 존재하는지 몰랐던 여덟 살의 내게 간짜장은 다른 층위의 음식이었다. 아마도 '다른 층위의 음식'이라는 표현을 알지는 못했겠지만 이 세상에는 내가 알지 못하는 다른 층위의 음식이 있다는 데 생각이 이르렀고, 그 생각은 내가 모르는 다른 세계로의 상상으로 이어졌다.

간짜장을 시키는 그에게 다른 아이가 묻는다. 어차피 비빌 건데 간짜장이랑 짜장이랑 다른 게 뭐냐고. 그는 말한다. 짜장은 양념을 미리 볶아놓는데, 간짜장은 주문이 들어오면 볶는다고, 그래서 신선하다고. 그래서 양파가 유난히 아삭아삭하다고 했었나? 그의 말이었는지 나의 소감인지 기억나지 않는다.

그를 따라서 처음으로 간짜장을 시킨 나는, 거의 곤죽이 되어 있는 짜장면의 양파와 다른 '살아 있는' 간짜장의 양파를 먹으며 양파의 단맛을 제대로 느꼈다. '갓 볶은 양파에서는 이런 맛이 나는구나!' 싶었다.

양파의 단맛에 현혹된 나는 양파를 썰어 양파를 볶기도 했다. 아홉 살이나 열 살이거나 그랬을 거다. 양파가 반투명해질 때쯤 간장을 밥숟가락으로 덜어 프라이팬에 또르르 흘려 넣었다. 그러고는 이 양파 간장볶음을 밥 위에 얹어 먹었다.

내 인생 최초의 요리였다.

요즘도 나는 간짜장이다. 간짜장을 받고 나면 고민이 시작된다. 어떻게 비비느냐에 따라서 다른 음식이 된다는 것을 간짜장을 먹은 지 꽤나 오래된 나는 알고 있기 때문이다.

간짜장의 세계에 입문한 후 짜장면을 시킨 적은 단 한 번도 없었다.

반질반질거리지 않는 콩나무

『재크와 콩나무』에서의 그 콩나무는 무슨 콩나무였을까 하고 종종 생각해왔다. 어쩐지 완두콩이나 강낭콩은 아닐 것 같았는데…….

S로부터 검정콩을 선물받고서 다시 콩에 대한 상념에 빠졌다. 아버지가 키운 콩이라며, 못생겼지만 맛은 좋을 거라고 S가 말한 게 시작이었다. 콩이 못생겼다는 게 어떤 의미인지 묻자 이런 답이 돌아왔다. "반질반질거리지는 않을 거예요." 아! 그 순간 깨달음이 왔다. 재크가 타고 올라간 콩나무에 대하여 말이다. 그 콩나무도 반질반질하지는 않았을 거라는 깨달음이. 반질반질했다면 미끄러지고 말았을 테니까.

나는 이런 선물을 좋아한다. 학생들이 옥상에서 키웠다며 따 준 상추(벌레 한 마리도 들어 있었다), 염전 있는 동네에 갔다 선물로 보내준 굵은 김장용 소금(김장을 하지 않지만 그저 좋았다), 강원도에 갔다가 주문진 시장에서 택배로 보내준 반건조 노가리(그렇게 실한 노가리는 처음 보았다) 같은 것들.

이 콩을 빨리 먹어보고 싶어서 잠들어 있는 콩들을 깨웠다. 검정콩과 강낭콩과 병아리콩을. 콩 샐러드를 하기 위해서다. 다음 날 심신이 여유 있는 상태여야만 콩 샐러드 제작에 착수할 수 있다. 콩 샐러드는 그리 간단히 할 수 있는 음식이 아니기 때문이다. 꽤나 손이 간다. 좋아하지만 자주 할 수는 없는 것이다.

간절함이 커지길 기다렸다가 콩 샐러드를 하곤 한다. 이래저래 많은 돌봄이 필요한 음식이다. 일단 콩을 불릴 시간이 필요한데, 또 너무 많이 불리면 맛이 별로이기 때문에 소요 시간을 잘 살펴야 한다. 콩은 네 시간쯤 불리는 게 적당하다고 하지만 나는 그냥 자기 전에 물에 담가둔다. 그러고는 아침에 일어나 물기를 빼뒀다가 슬슬 콩을 삶기 시작한다.

이 세 가지 콩은 익는 시간이 다르기 때문에 따로 삶아야 한다. 성질이 급한 사람은 냄비 세 개를 동시에 올려 삶을 수도 있겠지만, 그렇다면 일이 너무 복잡해진다. 나는 한 냄비로 세 가지 콩을 모두 삶는다. 그러니까 세 번 물을 끓여 세 번 삶는 것이다. '강낭콩은 5분, 검정콩은 15분, 병아리콩은 25분 정도 걸린다'고 휴대전화 메모장에 적어둔 것을 다시 한 번 숙지했다. 물을 끓이고 냄비를 헹구고 하는 시간까지 포함하면 얼추 한 시간은 잡아야 하는 것이다. 콩을 삶는 데에만 말이다.

너무 귀찮게 느껴진다면 물론 한 가지 콩으로만 해도 된다. 하지만 나의 경우에는 어우러지기도 하고 충돌하기도 하는 콩의 색감과 질감이 중요하므로 세 가지 콩으로 한다. 그게 콩 샐러드의 핵심이라고 생각하고 있다. 또 내가 하려는 것은 검은 강낭콩 샐러드나 병아리콩 샐러드가 아니라 '콩 샐러드'이기도 한 것이기에.

"덜 익히면 풋내가 나고, 많이 익히면 군내가 난다." 메주를 띄울 콩을 삶을 때 엄마는 이렇게 말하곤 했다. 메주를 띄울 일은 평생 없지 않을까 싶은데, 콩 샐러드용 콩을 삶을 때면 이 말이 허공에서 맴돈다. 풋내와 군내라… 이건 어쩌면 세상의 모든 일들에 해당되는 이치일지도 모르겠다는 생각이 들었다.

콩을 삶으면서 풋내와 군내에 대해 생각하는 것이다. 풋내가 나는 사람들과 군내가 나는 사람들에 대해서도. 그리고 또 생각했다. '너무하다'는 점에서 '풋내'와 '군내'는 어쩌면 비슷한 걸지도 모르겠다고.

콩이 삶아지는 동안, 콩 샐러드에 넣을 다른 재료들을 준비해야 한다. 나 같은 경우에는 허브를 제일 먼저 준비한다. 허브를 씻어 물기를 완벽히 제거하려면 시간이 필요하기 때문이다. 이탈리안 파슬리나 고수를 함께 넣을 때도 있고, 민트와 시소 잎을 넣을 때도 있고, 바질을 넣기도 한다.

다른 것들도 자유롭게 넣으면 된다. 아삭거리는 식감을 원한다면 셀러리를, 수분이 많은 게 싫다면 파프리카를, 물기가 있어도 좋다면 방울토마토를 넣으면 된다.

콩 샐러드를 먹다 새로운 사실을 알게 되었다. 재크의 콩나무가 작두콩 나무라는 이야기. 작두콩을 재크콩Jack Bean이라고 부르기도 한다나? 설說인지 근거가 있는 이야긴지 모르겠다. 꼬투리가 가지처럼 크게 열리는 작두콩을 보고 재크의 콩나무를 떠올린 것인지, 그냥 어쩌다 보니 '잭빈'이라는 이름을 얻게 되어 '재크와 콩나무'가 따라붙은 것인지 말이다.

하지만 앞으로 이렇게 말하게 되겠지. "아셨어요? 『재크와 콩나무』에 나오는 콩이…"

덧) 그래도 풋내가 군내보다 낫다. 덜 삶아졌다면 더 삶으면 되지만, 군내가 난다면 버릴 수밖에 없으니까.

검정 장갑과 코코아

검정 장갑 한 켤레를 사고 싶다고 생각한다. 가죽이 아닌 털 장갑으로. 그런데 어떤 털로 해야 하지? 앙고라는 안 된다라는 것만 알겠다. 생각만 하고 있다. 10년이 넘도록. 제대로 된 걸 사고 싶다고 생각하기 때문이다. 손목까지 오는 게 좋은지 아님 팔꿈치를 덮는 길이가 좋은지 모르기 때문일 수도 있다.

이러다 보면 어떤 영화 한 편을 떠올리고 마는 것이다. 검정 장갑 한 켤레로부터 모든 것이 촉발되는. 이렇게 시작하는 영화다. 뉴욕의 크리스마스. 블루밍데일 백화점의 에르메스 매장이 배경이다. 거의 동시에 검정 털장갑을 집어 든

남녀가 있다. 캐시미어로 된 장갑. 장갑이 하나밖에 없어서 누군가가 양보를 해야 하는 상황. 남자가 양보한다. 장갑을 얻은 여자, 마실 거를 사겠다고 한다. 그래서 그들은 코코아를 마신다.

핫초코였을 수도 있다. 내게는 핫초코도 코코아이기 때문에 어쩔 수 없다. 무슨 말이냐면 이런 말이다.

"코코아 주세요."

"핫초코요?"

"네, 코코아요."

나는 이런 식의 대화를 수도 없이 해왔던 것 같다. '스위스 클래식'이니 '다크 인텐스'니 하며 세분화해둔 메뉴가 있는 코코아 전문점이 아니라면 말이다.

왜 '코코아'를 고집하는지 진지하게 생각해본 적이 있다. 결론은 내지 못했다. 코코아. 핫초코. 코코아. 핫초코. 아무래도 '코코아' 쪽에 끌린다. 나만 그런가? 유아어의 느낌이 있기 때문일까? 아이가 발음하기에는 역시 코코아가 더 그럴 듯하다. 누군가에게 공식적으로 칭얼거리고 있다는 느낌이 드는 것이다. 코코아라는 물질은 정감 어린 무엇의 무엇이라고 생각한다. 그러니 그 물질을 지시하는 단어도 정감 어린 게 좋다고 생각하는 것이다.

왜 그런 거 있지 않나요? 어떤 음식을 먹으면 다시 아이가 된 듯한 기분이 드는 순간이. 우리에게도 아이였던 때가 있었다. 미래라든가 과거 따위는 무시하고 순간의 느낌에만 충실하던. 그 저돌적인 순간들. 코코아를 마시면 '작은 나'를 만나는 느낌을 받는다. 잃어버렸던 대담함과 모험심과의 조우. 그러니, 마법의 물질이 아닐 수 없다.

다시 영화 이야기로 돌아와서, 이 남녀가 마시는 코코아에 대해 이야기하겠다. 기괴한 코코아였다. 양이 무시무시하게 많고, 그래서 참을 수 없이 달아 보였다는 점에서 그렇다. 더 문제적인 것은, 이 남녀가 그 엄청난 코코아를 각각 한 그릇씩 비웠다는 것. 그걸 어떻게 비울 수가 있지? 기이한 장면으로 기억하고 있다.

이제는 알 것 같다. 그들은 코코아의 맛을 느끼지 못했을 거라고. 그래서 그 단것을 다 먹을 수 있었을 거라고. 어떤 강렬한 감정 앞에서는 식욕이나 입맛은 맥을 못 추는 것이다. 맛이란 온몸의 감각을 사용해 느끼는 거라고 생각한다. 그런데 나의 시각, 후각, 촉각, 청각이 앞에 있는 사람을 맛보는 데 쓰이고 있으니… 그럼에도 불구하고 그 사람의 신호를 온전히 읽어낼 수 없는데, 맛을 어찌 느끼겠는가.

상상한다. 코코아맨 같은 것에 대해. '나, 오늘 힘들었어'라고 말하면, 아무 말 없이 포옥 파묻어주는 것이다. 코트나 스웨터 안으로. 「코코아를 기리는 노래」 같은 시가 한 편 있어도 좋겠다고 생각한다. 마시멜로라든가 니삭스, 금붕어, 군고구마, 검정 장갑 같은 게 나오거나 나오지 않거나 하는.

코코아를 마시고 자장가를 들으며 잠들고 싶은 날이다. 이는 꼭 닦아야겠지!

하이라이스와 태교 음악

하이라이스를 끓인다. 정확히 말하면, 하야시라이스. 하이라이스의 근간이 될 예정인 하이라이스 소스를 끓인다. 몇 달 동안 비워놨던 집에 돌아와 처음으로 한 일이다. 짐을 풀고, 세탁물을 맡기고, 반신욕을 하기도 전에 말이다. 왜냐고? 그래야 내 집에 있다는 실감이 들 것 같았기 때문이다. 냄새가 주는 위안이라는 게 있는 것이다. 목단향 같은 걸 피워도 좋았겠지만… 난 좀 더 원초적인 게 좋다.

민망함을 무릅쓰고 어떻게 만드는지 소개하기로 한다. 카레를 만드는 과정과 거의 동일하게 진행된다. 음, 그러니까, 제대로 된 요리법을 취하지 않는다는 말이다. 많은 걸 생략

하고, 맛의 대부분을 고형 소스에 의존하는, 해서 '그것도 요리냐?'며 조왕신님께서 비웃으실지도 모르는, 간편 요리다. 그래서 민망하다고 한 것.

제대로 된 하이라이스 소스를 어떻게 만드는지는 알고 있다. 그렇다고 따른다는 건 아니다. 나는 양파를 버터에 볶고, 질 좋은 쇠고기를 또 볶고, 적포도주와 토마토 퓨레 같은 걸 넣지 않는다. 그냥 넣고 싶은 것들(주로 채소입니다)을 썰어서 설렁설렁 던져 넣는다. 그리고 천천히 끓인다.

무려 다섯 시간 동안. 슬로쿠커라는, '나태한 요리의 미덕'에서 예찬한 바 있는, 아주 천천히 조리해주는 기구에 넣고서 말이다. 이게 비결이라면 비결일 것인데… 시간을 견딘 덕분인지 꽤 괜찮은 맛이 난다. '시간의 즙'이 우러난달까? 하지만 성격이 급한 분께는 권하고 싶지 않다.

슬로쿠커로 요리(아닌 요리)를 할 때의 기쁨은 마음껏 딴짓을 할 수 있다는 점에 있다. 청소를 하고, 세탁기를 돌리고, 신문을 보고, 운동을 다녀오고, 음악을 들을 수 있다. 딴짓이란 얼마나 즐거운 일인지 다들 아실 것이다. 가슴이 막 두근대면서, 지루한 일상에 생기를 돌게 하지 않나요?

나는 그날 '낭만서점'이라는 팟캐스트를 듣고 있었다. 소설가 정이현과 문학평론가 허희가 진행하는 소설 전문 팟캐스트인데, 소설 얘기도 소설 얘기지만 서로를 놀리는 게 듣기 좋았다. 놀리고 놀림을 당하는 일은 꽤나 즐겁다고 생각했었는데, 그런 거를 듣고 있는 것도 무척이나 즐거웠던 것이다. 누군가를 제대로 놀리는 건 만만한 일이 아니다. 상대가 부끄러워할 만한 부분을 알아야 하고, 그것을 상대가 허용할 만한 단어를 써서 창조적으로, 하지만 느슨하게 놀려야 한다. 그게 얼마나 재미있고 신나는 일인지를 아는 두 사람의 말놀이에 나는 취했던 것이고.

아, 그리고 귀여운 아저씨들이 떠올랐다. KBS1 FM 〈장일범의 가정음악〉 진행자인 장일범 씨와 금요일의 초대 손님인 유정우 씨. 장일범 씨는 "장일범 씨, 너무 귀여워요."라는 여성 청취자가 보낸 사연을 귀엽게 읽으셨는데, 이 귀여움의 포인트는 약간의 수줍음이 가미된다는 점. 수줍음이란 역시 천상의 조미료라고 생각한다. 난 귀여운 사람에게 꼼짝을 못하는 편인데, 거기에 수줍음까지 있다면 완전히 맥을 못 춘다. 두 분이 금요일에 하시던 재연코너 같은 게 있는데, 나한테는 〈라디오스타〉만큼이나 재미있다.

그들 못지않게 깔깔대면서, 나는 나의 기쁨을 하이라이스를 만드는 일에 쏟아버렸다. 내가 들었던 목소리가 일종의 태교 음악 같은 거라고 생각하면서. 거창하게 말하자면 말이다. 태내에서 모차르트를 들었기 때문에 아이가 영리하다고 생각한다면, 나와 아이 모두 행복하지 않겠는가? 나의 좋은 기분이 음식에 총기를 더해주길 바란다. 간편 요리일망정. 간편 요리이기 때문에 더.

덧) 나는 육아 음악으로 아스트로 피아졸라의 〈리베르 탱고〉를 틀어놓는 분도 알고 있다. 그것도 오전 8시 부터…

이상적인 스키야키

스키야키를 할 때의 우리집에서는 특별한 분위기가 풍겼다. '홈 스위트 홈'을 집 전체가 연기하고 있는 느낌이랄까. 평소와 매우 다른 화사하고 온화한 분위기가 흘러서, 드라이한 어린이였던 나는 오소소 소름이 돋는 기분이 들었다.

하지만 드라이한 어린이에게도 스키야키를 하는 날은 꽤나 즐거웠다. 구운 두부와 쑥갓, 십자 모양을 낸 표고, 모양이 이쁜 어묵과 곤약, 알배기 배추 같은 재료들을 펼쳐놓은 쟁반을 보면 마음이 벅차올랐다. 그 색감, 그 이쁨, 그 고움이라니… 불균질하게 구워질 수밖에 없는 구운 두부의 색감이나 형태를 바라보던 설렘을 여전히 간직하고 있다.

생각해보면, 내가 스키야키에게 매료되었던 것은 그보다 근본적인 이유가 있던 것 같다. 그날의 엄마는 따뜻했다. 스키야키를 할 때의 엄마는 내가 아는 신경질적이고 무뚝뚝한 평소의 엄마가 아니라 상냥한 그녀가 되었다. 남편을 만나기 전의 그녀, 명동으로 출근하던 시절의 그녀가 되었던 것일까?

그런 느낌이었다. 당시 여성 잡지에 나오는, '그녀의 요리' 같은 코너에 릴레이로 출연하던 명사의 며느리거나 명사의 부인과 어딘가 비슷했달까. 명사의 며느리도 아니고 명사의 부인도 아니지만 어떤 분위기를 풍겨야 하는지를 고심해본 적이 있는 이의 태도였다, 그건.

나는 그런 잡지들에 나오는 여자들을 아주 잘 알고 있었다. 《주부생활》이니 《여성자신》이니 하는 잡지들을 보겠다고 은행과 이웃집을 수시로 들락거리며 애독하고 있었으니까. 이웃집 애와는 거의 친분이 없었지만 그 애의 엄마가 잡지 애독자여서 수시로 그 집에 갔다. "○○ 있어요?" 하고 들어간 다음, 지금은 이름도 기억나지 않는 그 애랑 건성으로 몇 마디 하고 잡지에 코를 박았다.

여전히 스키야키를 좋아한다. 샤브샤브와 스키야키 중에 고르라면 스키야키다. 샤브샤브보다 염도가 센 편이라 다 먹고 나면 '샤브샤브로 할걸' 하고 후회하지만 늘 그렇게 말하게 된다. 한때는 스키야키를 너무 자주 먹어서 스키야키 냄비를 사려고 했었다.

이상적인 스키야키 때문이다. '이데아'라는 의미의 수식어를 내 마음대로 붙인 게 아니다. 이상적인 스키야키, 그것은 일본의 관서식 스키야키를 지칭하는 고유명사다. 분당에 있는 한 식당에서 처음 먹어보았다.

철 냄비라고 했던가? 그 의식은, 잘 길들인 원형 냄비에 소기름을 두르는 것으로 시작됐다. 꼼꼼하고 치밀하게 우지를 냄비에 비비는 것을 보면서 나도 모르게 침을 삼켰다. 그다음에는 질이 좋아 보이는 한우를 한 겹씩 정성들여 펴놓았고, 그 다음이 더 중요한데, 설탕을 고르게 뿌렸다. 붉은 살코기에 떨어지는 설탕 입자를 보면서 이 음식을 사랑하게 되었다. 날계란에 고기를 찍어 맛을 보기도 전에 말이다.

그 식당에는 이상적인 스키야키 말고도 관동식 스키야키와 한국식 스키야키, 샤브샤브를 팔고 있는데 나는 늘 이상적인 스키야키를 먹게 된다. 이름이 이상적인 스키야키이기 때문에, 이상적인 스키야키가 되어가는 의식이랄지 퍼포먼스랄지를 다시 한 번 관전하고 싶기 때문에 그렇다.

온갖 스키야키 냄비를 다 찾아보았지만 결국 냄비는 사지 못했다. 무쇠 냄비를 살지 철 냄비를 살지를 고민하다가, 서양식 요리도 할 수 있는 캐서롤 냄비를 살까도 하다가, 또 납작한 전기냄비를 살까도 하다가 깨달았던 것이다. 이상적인 스키야키의 핵심은 바로 '관전'이라는 것을.

알게 되었다. 싸리눈이 내리는 것 같은, 설탕이 붉은 살코기 위에 사라락 떨어지는 바로 그 순간이 이상적인 스키야키를 이상적인 스키야키로 만든다는 것을 말이다. 내가 이상적인 스키야키 의식을 주재하면 그런 흥취를 느낄 여유가 없다는 것을 스키야키 냄비를 사기 전에 깨달아 다행이다.

마멀레이드와 토끼굴

글라디올러스와 마멀레이드 같은 것들을 좋아한다. 그런 단어들을. 나는 'ㄹ'이 연속되면서 생겨나는, 너무 부드러운 나머지 미끄러지고 마는 기이한 굴곡에 매혹되는 사람이기 때문이다. 앨리스가 미끄러져 들어간 토끼굴 같다고나 할까.

듣자마자 빠져버렸던 것 같다. 글라디올러스와 마멀레이드가 정확히 어떤 꽃인지 그 잼을 어떻게 만드는 지도 모르는 채로 말이다. 그러니 글라디올러스를 보기도 전에, 마멀레이드를 먹기도 전에 좋아할 수밖에 없는 운명이었던 것이다. 운명론자는 아니지만, 이런 식의 운명론은 한번 설파해봐도 좋겠다.

마멀레이드라는 말이 하도 신기해서 나는 심심하면 마멀레이드를 여러 번 발음해보곤 하는데, '**마**멀레이드, 마**멀**레이드, 마멀**레**이드' 이런 식으로 번갈아가며 음소에 강세를 주는 식이다. 그러다 이게 어느 언어에서 기원한 말인지 궁금해져서 찾아봤는데 포르투갈어였다. '마르멜로marmelos'라는 과일에서 왔다고. 유레카! 그래서 그렇게 부드러운 거였어!

보사노바가 그렇게나 부드럽고 달콤한 이유는 보사노바의 언어가 포르투갈어이기 때문이라는 말을 들은 적이 있다. 그것도 브라질의 포르투갈어라 더 그렇다고. 포르투갈의 포르투갈어보다 브라질의 포르투갈어가 더 감미롭다고 했다. 이 말을 해준 사람은 언어에 민감한 Q였는데, 그의 한때 꿈이 브라질에 가서 귀를 브라질풍의 포르투갈어로 흠뻑 적시며 행복에 젖는 것이었다고… 그러면서 보사노바를 배우고 싶었다나? 산문적으로 말하면, '보사노바 유학'을 가려 했다는 거였다. Q를 보면서 나는 생각했다. 저렇게나 비현실적이고 귀여운 인간이 있다니! 그가 꾸는 꿈은 비현실적인 가운데 또 묘하게 구체적이어서 현실적인 인간인 나는 입을 다물 수 없었다.

애석하다. 그때 눈을 초롱초롱 빛내(는 척이라도 하)며 이런 말을 했어야 하는 거였다. '아주 오렌지빛 꿈을 꾸고 있구나?' 말하는 그 사람의 등뒤로 오렌지빛 강이 범람하는 환시를 보았기 때문이다. 하지만 그때는 그저 듣고만 있었다(내게는 '그때 이런 말을 했어야 하는 거였어!'라며 지난 대화를 복기해보곤 하는 습관이 있다). '진 느낌'이다. 이렇게 뒤늦게 애석해해봤자 소용이 없다.

이 일을 잊고 있었는데 영화 〈패딩턴〉을 보다가 이 모든 것이 되살아났다. 〈패딩턴〉에서도 오렌지빛 강이 흘렀던 것이다. 심지어 이 오렌지빛 강은 마멀레이드였고, 패딩턴은 마멀레이드에 거의 미친 곰이라고 할 수도 있으니 나는 이 영화에 빠지지 않을 수 없었다. 이런 게 운명이 아니라면 또 뭐가 운명인가 싶다.

이 모든 게 마멀레이드 때문이다. 오렌지 마멀레이드! 페루에 살던 곰 패딩턴이 런던에 가게 되는 이유는 오렌지 마멀레이드의 본고장이 런던이기 때문이고(사실 여부는 이 영화에서 중요치 않다), 이 영화에는 오렌지 마멀레이드가 잔뜩 나온다. 페루에서 밀항할 때 배에 실은 비상식량도 마멀레이드이고, 런던에 와서 패딩턴이 사람들과 가까워지는 것도 마멀레이드 덕이고, 심지어 감옥에 가서도 마멀레이드를 만드는 장면이 나온다.

나는 감옥에서 마멀레이드를 만드는 이 장면을 정말이지

좋아한다. 먹을 수 없는 음식을 만들던 주방장을 대신해서 패딩턴이 오렌지 마멀레이드를 만들던 장면을 말이다. 그 장면을 보면서 오렌지 마멀레이드를 어떻게 만드는지도 배울 수 있었다. 패딩턴에서 말이다. 패딩턴은 오렌지를 반을 자르고, 즙을 짠 후, 오렌지 껍질을 썬다, 즙과 오렌지 껍질과 설탕을 같이 넣고 끓이다 레몬즙과 시나몬을 넣는다. 이렇게 만든 마멀레이드로 만든 샌드위치를 먹고서 수감수들은 변하기 시작한다. 흑백으로 된 꿈을 꾸던 사람들이 오렌지빛 꿈을 꾸기 시작한 것처럼, 그렇게 변한다.

이쯤에서 내가 좋아하는 대화가 나온다. 먹을 수 없는 음식을 만들던 그 주방장은 이렇게 말한다. 사람들이 마멀레이드 샌드위치에 감격하며 먹는 걸 보고는 말이다. "배속에서 따뜻하고 가려운 뭔가가 느껴져." 패딩턴이 말한다. "뿌듯함이라고 하는 거예요."

햇빛의 기운으로 충만한 오렌지 마멀레이드처럼 그늘이라고는 전혀 없는 영화였다. 비현실적이기 짝이 없는 이런 것들에 마냥 빠져들고 싶은 날이 있다.

랄라랄라 빵

호밀과 통밀은 여간해서 구분할 수 없다. '여간해서'라고 썼지만, 나는 이 둘을 아예 구분하지 못한다. 그래서 빵집에 가서 내가 원하는 특정 빵을 찾으면서 이렇게 묻곤 한다. '호밀빵 있어요?'라거나 '통밀빵 있어요?'라고. 또 어쩔 때는 이렇게도 묻는다. '효모빵 있어요?'라고. 다른 빵을 찾는 게 아니다. 어떻게 부르든 나는 같은 빵을 찾고 있다. 저만 그런 것인지요?

제빵에 조예가 깊은 분들이거나 빵순이와 빵돌이 들은 이런 혼돈이 이해가 안 가시겠지만 나는 이렇다. 어째서 이런 것인지 종종 생각해본다. 고질적인 문제가 있기는 하다. 단어 인지에 대한 문제다. 나는 단어와 고유명사 습득에 나름대로 강한 편인데(한국어에 한해서), 어떤 이유이든 처음에 꼬여버리면 영원히 바로잡을 수 없다. 사람 사이의 관계와도 비슷한 것이다.

그래서… 아키 카우리스마키인지 아키 카리우스마키인지, 미하엘 하네케인지 미하엘 하케네인지 모르겠다. 둘 다 내가 좋아하는 영화감독인데도 그렇다. 뭐가 맞는지 확인한다고 해도 하루가 지나기 전에 다시 뭐가 뭔지 모르겠다 싶은 평소의 상태로 돌아온다. 아마 영원히 그럴 것 같다. 그래서 아예 이렇게 말하고 있다. "아키 카우리스마키인가요, 아키 카리우스마키인가요? 잘 모르겠어요…" 이렇게 겸손하게 말하면 상대방이 친절하게 알려주기 때문에 별 문제가 없다.

이렇게 할 수 없는 경우도 있다. 이를테면, 키친과 치킨. 이런 흔한 보통명사는 그런 식으로 넘어갈 수가 없다. 내가 번번이 잘못 말한다는 걸 알기 때문에 저 두 단어를 말해야 할 때는 긴장하게 된다. 그런데 또 어김없이(아마도 89퍼센트쯤?) 치킨이라 말해야 할 때는 키친으로, 키친이라 말해야 할 때는 치킨이라고 말한다. "요시모토 바나나의 『치킨』에서요"라는 식으로 말하고 마는 것이다. "키… 치킨 먹을래?"라고 이도저도 아닌 식으로 말하기도 하고.

호밀과 통밀을 구분하지 못하는 것은 '치킨-키친' 문제와 비슷하다. 일 분쯤 곰곰이 생각하면, 치킨과 키친을 구분할 수 있는 것처럼 호밀과 통밀도 구분할 수 있다. 통밀은 'whole wheat'이고 호밀은 'rye'라는 것을. 호밀은 한국 같은 나라에서 희귀 작물이라는 것도 알 수 있다. 하지만, 빵을 사거나 바로 말해야 할 때는 잘 안 된다.

나의 이런 인식장애에 『호밀밭의 파수꾼』이 지대한 영향을 미쳤다고 생각한다. 비교적 늦게 이 책을 읽었지만, 읽기 전부터 『호밀밭의 파수꾼』이라는 제목을 알고 있었다. 그러니까 '빵집'이 아닌 '제과점'의 시절부터 말이다. '호밀'이라는 단어는 내가 통밀빵이니 호밀빵이니 하며 빵을 사기 전부터 머릿속에 자리 잡고 있었던 것이다.

얼마 전에 이 책을 다시 읽다가 『호밀밭의 파수꾼』의 원제인 'The Catcher in the Rye'가 스코틀랜드 시인 로버트 번스의 시에서 왔다는 것을 알게 되었다. 〈Comin' Thro' the Rye〉라는 시다. 그리고 이 시가, 샐린저가 이 소설을 쓸 당시 미국에서 많이 불린 노래의 바탕이 되었다는 것도. 노래의 제목은 번스 시와 같다.

홀든 콜필드는 지나가던 아이가 그 노래를 부르는 걸 듣고 여동생 피비에게 호밀밭에서 아이들이 떨어지면 잡아주는 호밀밭의 파수꾼이 되고 싶다고 말한다. 다시 봐도 이해가 안 되는 점은, 애들이 호밀밭에서 왜 떨어지냐 하는 것인데… 샐린저는 이 호밀밭 아래를 낭떠러지 아래로 설정해놓고 있다(대체… 왜?). 낭떠러지로 떨어지지 말라고 잡아주는 사람이 되겠다는 것이다. 호밀밭의 파수꾼이 되어야만 해서 이런 무리한 설정을 한 게 아닌가 싶은데, 뭐 그건 작가 마음이니까.

이 노래의 선율이 궁금해져 유튜브에서 재생을 하고는 깜짝 놀랐다. 어렸을 때 많이도 들었던, 익숙하기 그지없는 선율이었기 때문이다. 나는 물론 영어 노래가 아닌 한글 번안곡으로 들었었지만. "나가자 동무들아 어깨를 걸고/시내 건너 재를 넘어 들과 산으로/산들산들 가을바람 시원하구나/랄라랄라 씩씩하게 발 맞춰 가자." 바로 이 노래였던 것이다. 제목이 '들놀이'라는 것은 처음 알았다. 동무, 시내, 재, 들과 산으로 등등의 단어가 이렇게 낯설게 느껴질 거라는 걸 당시에는 몰랐다. 이제 '동무'는 친구의 북한 말처럼 느껴지는데, 어릴 때 아동문고를 보면 '동무'가 아주 흔했다. 그럼에도 불구하고 이 노래는 이상하다고 생각했다. '어깨를 걸고 어떻게 시내를 건너고 재를 넘을 수 있지?' 라고 말이다.

이제 호밀빵인지 통밀빵인지 사려고 할 때면 〈들놀이〉의 쾌활한 그 구절, '랄라랄라'가 들려올지도 모르겠다. 호밀빵에 『호밀밭의 파수꾼』에 이어 〈들놀이〉라는 레이어가 덧씌워졌으니까. 호밀빵인지 통밀빵인지는 이제부터 '랄라랄라빵'이기도 한 것이다.

PB&J

베를린에 3개월 살면서 피넛버터의 세계에 입문했다. 그전의 나라면 전혀 관심을 기울이지 않던 품목이었는데, 이제는 종종 장바구니에 담게 되었다. 아무것도 들어 있지 않은 100퍼센트 피넛버터가 있다는 것을 알게 돼서다.

100퍼센트라는 게 아주 중요하다. 몸에 좋고 안 좋고 이런 문제가 아니라 그래야 피넛버터를 휘저을 수 있기 때문이다. 나를 피넛버터의 세계로 인도해준 I가 말해주었던 것이다. 100퍼센트 피넛버터에는 유화제가 들어 있지 않아서 뭉칠 수 있으니 '자주 휘저어주어야' 한다고. 나는 이 말이 마음에 들었다. 그리고 실제로 해보니 피넛버터를 휘젓는 일은 꽤나 기분이 좋아지는 일이었다.

'휘젓기 위해 피넛버터를 산 건가?' 싶을 정도로 피넛버터를 먹으려고 피넛버터 뚜껑을 열기보다는 휘젓기 위해 피넛버터를 꺼냈다가 버터나이프에 묻은 피넛버터를 빨아먹을 때가 많다. 피넛버터의 향과, 피넛버터의 꾸우덕꾸우덕한 질감에 매료되었기 때문이다. 버터나이프로 피넛버터를 휘저으면 느껴지는 손맛이라는 게 있다. 낚시를 해보지 않아서 낚시의 '손맛'이라는 게 얼마나 짜릿한지는 모르겠지만 나는 피넛버터를 휘젓는 손맛도 그에 못지않다고 주장하고 싶다.

남들은 빵에 피넛버터를 발라 잘만 먹던데, 피넛버터를 바른 빵을 그다지 좋아하지 않는 나로서는 피넛버터가 거의 줄어들지 않았다. 가끔 휘젓고, 버터나이프를 빨아 먹는 걸로는 충분하지 않았다. 칼로리 때문에 그런 건 아니다.

참고로 나는 버터파다. 가염버터를 얹어 먹거나 아니면 무염버터를 얹은 후 소금을 톡톡 뿌려서 먹는 빵이 가장 맛있다. 버터를 얹고 약간의 오렌지 마멀레이드를 더하는 것도 내 취향이다. 그래서 날마다 10그램 이상의 버터를 먹고 있다.

어떻게 하면 피넛버터를 창의적으로 먹을 수 있느냐고 I에게 물어보았었다. 오트밀 죽이 다 되었을 때 넣거나 카레에 넣어보라고 I는 말했다. "음, 사실 저는 그냥 퍼먹어요. 독일 사람들은 그래요"라고 부끄러워하면서 덧붙였다. 웃음이 터졌다. 누구보다 그녀의 식생활에 대해 잘 알고 있어서 그랬다. 철저한 유기농파인 I는 평소 몸에 좋지 않은 것들을 극렬하게 배척하는 편인데, 스트레스를 받으면 엄청나게 소금을 뿌렸다. 이렇게 덧붙이면서. "오늘은 몸에 아주 안 좋게 먹어야겠어요"라고.

그러던 어느 날, '피비앤드제이'라는 말이 내 영역 안으로(?) 들어왔다. PB&J. '피넛버터 앤드 잼'이라는 뜻으로 미국인들이 애호하는 조합이라고. 피넛버터도, 잼도 그다지 좋아하지 않는 나로서는 불필요한 말일 따름이었는데 한 문장을 읽고서 달라졌다.

딸기 잼과 피넛버터가 이마를 맞대고 흐느낀다는, B의 시에서 발견한 문장이다. B는 미술을 전공한 시인으로 빵을 좋아하는 것으로는 만족이 안 되는지 시간이 나면 빵을 그리고, 빵을 주제로 시를 쓴다. 맛있는 빵을 발견하면 사진을 찍어 '맛빵'을 전도하기도 한다.

이 시를 읽고 피비앤드제이를 먹기 시작했다. 즉, 피비앤드제이의 세계를 탐구하기 시작했다는 말이다. 피비앤드제이의 오리지널은 피넛버터와 딸기 잼의 조합이라고 알고 있지만 나한테는 뭔가가 밍밍했다. 이것저것 먹어보고 크랜베리 잼에 정착했다. 누진하고 농밀한 피넛버터의 크림 같은 풍미 그리고 카로운 산미와 베리 씨(?) 같은 게 씹히는 크랜베리의 조합은, 나도 모르게 눈을 감게 한다.

딸기 잼이 된 나와 피넛버터가 된 애인이 이마를 맞대고 있다. 한참을 그러다가 이마를 좌우로 비비며 흐느낀다. 왜 이마를 비비냐고? 비벼야 덜 어색할 것 같기 때문이다. 왠지 흐극흐극이라는 의성어를 내줘야 할 것만 같고.

귤 냄새

귤을 쪼개는 순간의 느낌을 뭐라고 말할 수 있을까. 귤을 쪼개는 순간 공기 중에 퍼지는 상큼한 향기 입자와 갈라진 귤껍질 안에서 나온, 귤껍질과 닮았지만 묘하게 깊은 색의 귤 알갱이를 볼 때의 기분을 말이다.

귤 향이 하도 좋아서 귤 향이 나는 향수를 일부러 찾아 뿌리고 다닌 적도 있었다. 정확히 말하면, 귤이 아니라 포멜로였지만 바람이 불어 냄새가 내 쪽으로 올 때는 귤 밭을 걷고 있다는 환상에 취할 수 있었다. 귤 밭에 가본 적이 없어서 귤 밭에서 어떤 냄새가 나는지도 모르지만.

그래서! 전철에서 귤을 쪼개주는 사람을 좋아한다. 자신이 먹으려는 음식의 냄새를 굳이 공공장소에서 타인과 공유할 필요가 있을까라고 생각하는 편이지만 귤에 대해서는 생각이 다르다. 귤 냄새는 이타적이니까. 세상을 잠시나마 괜찮아 보이게 해주니까.

귤을 가르는 사람의 얼굴을 보는 게 좋다. 곧 공기 중으로 퍼질 산뜻한 냄새를 알고 있는, 내가 지금 좋은 일을 하려 한다는 긍지가 어린 표정을 말이다. 그래서일까. 귤이 잔뜩 실린 귤 트럭을 보면 지나치지 못한다. 귤의 색채와 심상에 저항하지 못하고 거의 사버리고 말지만, 그렇지 못하더라도 '귤떼'에게서 눈을 떼지 못한다.

허수경 시인의 산문집 『가기 전에 쓰는 글들』을 읽다가 귤을 쪼개는 부분에서 멈췄다. 오랜만에 돌아온 집에 귤이 하나 있다. 베란다 창틀에. 귤에서는 당연히 귤 향이 나고, 귤은 싱싱하다. 그녀는 귤을 쪼갠다. 온전히 귤 향을 맡기 위해서. 왜냐하면, 그녀는 귤을 먹을 수 없다. 위암에 걸려 위를 도려냈고, 더 이상 음식을 마실 수도 먹을 수도 없으므로. 오로지 냄새만 맡을 수 있고, 냄새에 의지해 귤을 먹는 상상만 할 수 있다.

먹을 수는 없는데 냄새를 맡을 수 있다는 건 어떤 의미일까? 다행일까, 아니면 불행일까? 삶의 순간들이 단순히 '좋다'와 '나쁘다'로 나뉠 수 없다는 걸 알지만 그래도 말이다. 먹을 수 없다면 냄새를 맡지 못하는 편이 나을까? 아니면 먹지 못하니 냄새라도 맡는 편이 나을까?

아름답고, 따뜻하고, 비리고, 차갑고, 쓰고, 차다고 했다. 시인이 귤에게서 느낀 감정들이다. 이 부분을 보다가 새삼 깨달았다. 내가 귤을 좋아하는 진짜 이유를.

귤 비린내였다! 귤을 까고 난 손에서는 달콤하지만은 않은 냄새가 났다. 뭔가를 겪고 난, 뭔가가 지나간 상태가 되어버린 노란 손끝을 보면서 나는 생각했었다. 이게 뭐지? 이건 무슨 냄새지? 그건 비릿함이었다. 귤 비린내. 나는 그 냄새가 이상해서 자꾸 손끝을 코에 가져다 대곤 했었다. 오렌지에서도 자몽에서도 비린내가 나지만, 어쩐 일인지 귤 비린내만큼 생각에 젖게 하지는 않는다.

귤철이 아닐 때도 나는 귤 냄새를 맡는다. 귤껍질을 말려 두었기 때문이다. 굴비를 가스 오븐에 구울 때, 굴비 비린내를 덜 나게 하려고 그릴을 올리는 트레이에 물을 붓고 귤껍질 조각 서너 개를 띄운다. 그러면 감쪽같이라고는 말할 수 없어도 굴비 비린내가 많이 가신다. 어떤 원리로 귤껍질이 생선 비린내를 해결하는지 궁금했는데, 이 글을 쓰다 깨달음이 왔다. 비린내로 비린내를 잡는 게 아닐까 하는. 그러니까 아마도 이이제이以夷制夷랄까?

우리는 가끔 외롭지만
따뜻한 수프로도 행복해지니까

초판 1쇄 인쇄 2021년 1월 21일
초판 1쇄 발행 2021년 2월 3일

지은이 한은형

책임편집 성유경
편집 유선사 이채연 박기효
디자인 김선미
마케팅 백윤진 채진아
홍보 김희숙 김상만 이소정
이미희 함유지 김현지 박지원
제작 강신은 김동욱 임현식
제작처 영신사

펴낸이 고미영
펴낸곳 (주)이봄
출판등록 2014년 7월 6일 제406-2014-000064호
주소 10881 경기도 파주시 회동길 455-3
전자우편 yibom@yibombook.com
팩스 031-955-8855
문의전화 031-8071-8671(마케팅) 031-955-9981(편집)

ISBN 979-11-90582-41-4 03810

• 이봄은 (주)문학동네의 계열사입니다.

• 잘못된 책은 구입하신 곳에서 바꿀 수 있습니다.

springtenten yibom_publishers